大 地

仍躲在棉被下

越 冬

俄罗斯自然随笔

Земля зимует ,
что называется , под
одной простыней

［俄］
弗拉基米尔·伊万诺维奇·科利别里 著

陈淑贤 译

中国青年出版社

目 录

目录

前

言

"我是终生迷恋徒步旅行的人"

——致亲爱的中国读者

一九四五年八月，我父亲当时是少校，母亲是中尉，他们随苏联军队一起到了旅顺口（现在叫旅顺）。一九四五年十二月我在那里出生。因此中国，对我来说不是陌生的国度，而是短暂的故乡。当我满一周岁的时候父亲退役了，我们全家回到了苏联。我永远热爱这个我并不熟悉但名字非常好听的城市和大海。我们乘坐已经破旧的"彼得罗巴甫洛夫斯克号"海船返回祖国时遭遇最强烈的狂风暴雨。根据父亲回忆：当惊涛骇浪袭来时，整条船眼看就要断裂、粉碎。乘客们在船颠簸、摇晃时晕船，经历难以忍受的痛苦，只有我在妈妈的怀抱中安然醋睡……　　我坚信父亲会非常高兴他的书将在中国出版。我向杰出的翻译家．在俄罗斯我们亲切地把她叫作卡佳，致以诚挚的敬意！她毫不畏惧地在她那柔弱的双肩上担负起把该书翻译成汉语的繁重任务。　　"我是终生迷恋徒步旅行的人。"——这是父亲对自己的评价。除了远东，他不想在任何其他地方生活。其他地方的一切他都感到陌生，都会引起他的乡愁，只有远东大自然的辽阔触动他的心灵，使他感动得潸然泪下。"这些年沿着士兵行军的道路，我们到过很多国家，无论在哪个遥远的国家，梦中看到的只有故土家园。"——这是作家彼得·科马罗夫写的一段话，仿佛写的就是我父亲。　　父亲写的第一部战争题材长篇小说《熊的围墙》，整整经历了七年的苦难历程，有创作的艰辛、有出版社的掣肘。在母亲的鼓励和帮助下，他最终完成了创作。母亲一直相信他，全身心地支持他。父亲完成创作后，开始沿哈巴罗夫斯克边疆地区徒步旅行。他对疗养院、度假胜地以及有组织的休息不感兴趣。他向往未经开发的、原生态的、人的足迹从未踏过的大自然。每逢假期他都应朋友们的邀请参加各种目的的考察。

他见多识广、性情随和、善于步行和爬山，在艰难的旅途中从不成为他人的负担。　　　　通常准备行装用不了很多时间。旧的细毛毡帽、棉袄、人造革长筒靴、军用简易帐篷——全部行装。最初他还带上一小袋粮食、面包干、喝茶用的白糖、一块脂油。当然，必须带上他自己用胶合板制作的小型画具箱、颜料。父亲从来不带猎枪，尽管有，因为他不喜欢捕杀野兽。他可怜动物，虔诚地遵循原始森林的行为规则。如果他们在过冬小屋过夜，临走时他一定要打扫干净，留下一点粮食、食盐、火柴。当陌生人好心留他过夜，次日早晨他一定提早起床，给主人劈木柈、挑水或者把已劈好的木柈摞成劈柴垛。例如在阿姆贡居住的旧教徒每一家都欢迎我父亲，因为他不吸烟、不喝酒。　　　　从哈巴罗夫斯克扬起自己制作的风帆，乘坐用双桨划着的小船沿阿穆尔河航行到尼古拉耶夫斯克。通常花低于市价二分之一或三分之一的价格买下最便宜的小艇，重新修理安装、填补缝隙。在《划着破旧小船旅行》《夏季漫游日记》《阿穆尔河的项链》等书中记述了这些旅行的印象和趣闻逸事。　　　　在攀登巴贾尔顶峰时，父亲决定沿着《战舰巴拉达号》一书的作者，俄国作家冈察洛夫登山的路线，不同的是冈察洛夫是被几个埃文基人给抬上去的。凭借着在格尔比河发源地旅行时留下的美好记忆，他写了随笔《红色的石头》，刊登在首都的一些杂志上。他在那里采集了血红色苔藓的标本装在小瓶里，那里沿河岸的大圆石头上面长满血红色的苔藓。成为令人惊奇的景观！科学家们断定：苔藓早已确认，这种非同寻常的颜色是由于温差引起的。这里山巅上白雪皑皑、寒冷刺骨，却同时伴随着七月的酷暑炎热。　　　　至今我也没有明白：他的视力不好，却能够觉察到大自然中的微小动作——树上的松鼠、地上钻来钻去的花鼠、布谷鸟的小靴子掉在地上后长出的奇特而美丽的花朵、天上掠过的飞鸟。也许他具有某种特别的心灵洞察力。父亲热爱我们的原始莽林、无边无际的天空，知道所有云彩的种类，甚至它们的拉丁语名称，熟悉动物区系和植物区系。在他的作品里绘声绘色地描写了瑰丽的风景，因为他是画家。   远东的大自然在我父亲漫长的生涯中不仅是快乐、慰藉、治病良药，也是永恒的忧患和哀伤。由此他在每本书里都呼吁读者珍惜大自然的脆弱和慷慨大方的美。遗憾的是在我们的时代这无异于旷野呼声。父亲从不悠闲，他有做不完的事情，他的兴趣广泛——写作、绘画（油画、水彩画、线条画）、木刻和石刻、根雕、模压技术、铸造铜浅浮雕制品以及其他。   他的工作时间非常严格：早晨九点已经坐在写字台前工作，午饭时休息，下午继续工作到晚上。这样工作一直到临终为止。他一生远离医院，像小孩一样害怕打针，也不服药。他严厉地对我说："我注定要死的时候，你不要试图抢救，不要做任何手术。"九十四岁时在睡梦中他溘然长逝，度过了幸福的一生……母亲逝世早于他两年。那时他经常说："他也快走了，失去了生活的意义。"起初我没有认真对待，认为是孤独、缺乏交流而导致的郁闷，相信时间会治愈丧妻之痛。突然父亲特别急于到原始森林去，要求把他送到他年轻时经常去的森林，不然其他森林也行。只有现在，当我读了他九十岁时出版的《诺亚方舟》一书后我才恍然大悟，这位终生迷恋徒步旅行的人渴望在原始森林中迎接自己的临终时刻，因此他心急如焚地想要到那里去。   在这里我还想要简要介绍一下摄影家亚历山大·尼基托维奇·波索霍夫。   他和我父亲虽然年龄相差很大，但却结下了深厚友谊。他们不仅在同一个出版社工作，工作联系密切，而且还具有相同的爱好：酷爱大自然，经常结伴到野外旅行。在我父亲九十岁生日前夕，父亲写的《诺亚方舟》一书问世，波索霍夫负责该书的装帧工作并提供了照片。值得指出的是这本书的出版饱含着波索霍夫对我父亲深沉的爱。　　　　不久，波索霍夫见到我时，问："你父亲喜欢我为他做的书吗？"我不得不承认："非常遗憾，父亲的视力不佳，他无法做出评价。"过了几天亚历山大·尼基托维奇给我打电话，说："你到出版社来一下，取走送你父亲的礼物。"　　　　当波索霍夫赠送礼物时，那一瞬间，我惊得瞠目结舌。这是同一本《诺亚方舟》，但是开本、铅字、插图都增大一倍。这是唯一的一本大开本书。父亲感动得潸然泪下，说："啊，这是真正的礼物！"他把这本书小心翼翼地保存在写字台的抽屉里，经常翻看，仔细欣赏书中独一无二的绘画，直到生命终结。　　　　如今这本书已成为传家宝。　　　　亚历山大·尼基托维奇现已退休，但是依然从事书籍装帧工作。

柳德米拉·科利别里
俄罗斯哈巴罗夫斯克市
二〇一九年六月

诗

意

速

写

经过枪林弹雨历练出来的老战士，如同深山老林中的古老红松，

渴望用自己的经验警示年轻人以抵御任何风暴的袭击。

难道能做得到吗？

千里冰封的森林倍感亲切。

充溢着令人陶醉的松树气味，笼罩着带有回声的寂静，

隐约听到——山雀的哀怨、雪片从弯曲树枝落下的簌簌声。

白杨因不能扬帆远航而愤怒呼啸，

人们因生活琐事无法脱身而哀叹，

只能希望：有朝一日自由远航，去寻找神秘、奇幻的岛屿。

我失去的岁月如同盗贼一样偷走了我的一切：

一些盗贼偷走了

——健康和精力、理想和回忆

——另一些盗贼在我的心里留下空洞、寒冷的墙壁，

无法让寒冷变暖，

也没有任何东西可以填补空洞。

人们用汗水换取粮食，这是上帝规定的生存准则。
　　但是魔鬼与上帝作对毒害人们：
　　　　一些意志薄弱的人丧失理智——饮酒作乐，不劳而获。

　　　　星光对所有的人都一样闪烁，
　　　　　　　但只对那些勤于攀登高峰的人才肯显示出神奇的美和永恒。

　　　　　　我的岁月像飞鸟一样迅速掠过，
　　　　　到了去另一个世界的时候了。
　　　　我希望像在战斗中偶然阵亡的士兵那样瞬间离开人世。

　　　　　　深红色的叶子从葡萄藤上静悄悄落下，
　　　　窗外，
　　好像数落着我的过往时日，
在碌碌无为的城市生活中白白燃烧掉了年华岁月。

钢笔·银色父课临

姑娘们的脸上泛起红晕，仿佛辛辣的青椒涂抹过似的。

其实是寒风在她们耳边窃窃私语，

表白难以开口的内心渴望。

晚霞长长的阴影弥漫，落日余晖在农家小屋渐渐燃尽。

牲畜吃饱喝足从牧场慢慢归来，

四蹄在乡间小路上掀起金黄色的灰尘。

人，千万不要狂饮无度，

酗酒会使你的事业半途而废、贫穷和不幸，

一旦陷入这些困境，你将难以摆脱！

早晨的阳光穿透浓密的树枝照在蜘蛛网上，

蜘蛛网上有几颗亮晶晶的露珠，

它们像荷兰画家伦勃朗绘画中贵妇人华丽披风上镶嵌的钻石，

光彩熠熠。

柳树枝被雾凇压得任低低下垂，
雪地上投下太阳的阴影宛如蓝色的花纹。
在柳树和柳树之间的空旷地上，
不知什么人留下了轻盈飞奔的雪橇的印迹。

"幸福！祝愿幸福！"——新年之夜最响亮、重复最多的贺词。
天上的星星摸不着头脑，眨巴着眼睛：
人们不是有理智的吗？为什么他们只渴望奇迹，
而不是用自己的双手创造奇迹和实现理想呢？

群山以其巍峨和山巅上积雪的顽固沉默使人叹服。
它们只和上帝对话，说着我们不懂的语言——雷鸣和闪电。

落日余晖贴在阿穆尔河畔的河柳树丛上，
像热油贴在平底煎锅上一样，
深红色的晚霞如同桃花汛泛出的水淹没了积雪，
点燃了冰山上方的繁星，放射光芒。

人——大自然骄傲的造物。

不要轻易接受施舍——而是要好好工作！

即使我有可能做出微不足道的施舍，

我也不愿意用施舍伤害他人的自尊。

在热水澡塘蒸浴，用桦树枝编成的笤帚抽打全身，

能解除疲劳，放松心情。

用桦树枝笤帚抽打皮肉还能够治愈懒惰和愚蠢，

这比任何劝告乃至坐牢都更加有效。

冬季森林里的雪松果特别饱满，

像自动步枪装满子弹的弹盘一样，

把凝固着松脂的松树枝带回家，

满屋顿时散发出原始森林的清香。

秋风吹动着细嫩的树枝，

从白桦树上脱下金色的外衣——树叶，

白桦树不得不赤裸裸地在寒气逼人的森林里度过漫长严冬。

夏季割草的大好时期，天空却布满阴云，
像是要下雨似的。傍晚阴云躲藏到地平线后面，
从那里喷射出闪电的反光直到深夜，
反光的形状仿佛一群酣睡火鸟的翅膀。

生活——重复其他人走过的道路，
新一代必然重蹈覆辙，他们在迷雾中丧失方向，
误入陷阱，双脚被同样尖锐的石块擦伤。

我死后埋葬在什么地方和怎样埋葬都无所谓。
我是俄罗斯土地上的一个颗粒，
而物质是不灭的，也许一百年后，
在某个地方我长成一棵牛蒡或者别的什么野草。

鄂霍次克海。海洋动物——白鲸的头露出水面

诗
意
速
写

生活——是苦难。苦难来自无止境的欲望。

为了不再苦难，应该减少一些欲望，生活过得简朴一些。

不要贪图过分悠闲自在的生活。

清风吹动着草丛微微摇动，

绿草像碧浪一样翻滚，空中的白云像天鹅般飘浮，

预示着：繁花盛开的六月已经降临！

几十门大炮愤怒地轰鸣，

战神鬼迷心窍地发疯，死神斜眼看着士兵，

天空听着痛苦的喊叫、哀求和辱骂声，

只能无能为力地哭泣，

牺牲者的尸体被掩埋在雪堆里。

晨光照射变得绯红的云层，

任性的狗鱼摇起尾巴搅乱湖面的宁静，

湖边垂柳树枝沾着水晶般的露珠，

露珠从湿漉漉的树叶上缓慢滴落到水中。

大自然像着了魔似的发狂，大浪猛烈地冲到岸边，

重量很轻的白色水翼帆艇被浪涛卷向远处，

浪峰几乎拍打到三角形风帆。

我心里郁闷：怎么有缘看到这样的壮观景象？！

深夜当我失眠的时候，那些埋葬在森林、田野、
　高山的死亡战友的面孔——浮现在我的眼前。
　　他们永远离开了人世，却在我的记忆中留下永恒！

　　　　白雪覆盖大地，醉醺醺的太阳躲藏起来。
　　新年狂欢留下的痕迹被蓬松的、柔软的刚刚飘落的雪掩埋。

　七月，天气又闷又热，
　　河柳树上挂着一团团泡沫黏液，透明、洁净，
　　　很像熟睡的、小脸蛋儿红扑扑的婴儿嘴角上的口水。

　　　那些用旅行拐杖和背囊美化生活的人是幸福的，
　　天上星星为他们照亮道路，
　清晨飞鸟的鸣叫为他们唤醒沉睡的大地。

诗
意
速
写

七月，雷电前夕狂风大作，
　　折断茂盛的白杨树树枝和树叶。
　　　　同样，敌对的旋风曾经摇撼过俄罗斯大树，
　　　　　　夺走和伤害无数无辜的忠诚儿女。

　　　　　在森林覆盖的峡谷，中午太阳驱散薄云，
　　　　　　我在那里寻找大自然精神，
　　　　　　　它在盛开的牡丹花瓣上昏昏欲睡，
　　　　　　　　在金黄色的花粉里陶醉。不要践踏花朵！

　　　　　　　重又大雪纷飞，树木安然沉睡。
　　　　　　　松鼠苏醒了，从这一树枝跳到另一树枝。
　　　　　　　　冻结在树上的雪块苏醒了，唤醒了高大的雪松。

　　沿河岸生长着很多款冬，叶子像标枪的宽刃，
　　　　正面光滑、凉爽，
　　　　　而背面带有绒毛，让人感到温暖。

阿穆尔河地区下乌拉改夫卡村附近的"碎满星"

诗　意　遥　写

寒气像波涛一样从群山滚滚袭来，
白桦树枝和树干冷得发颤，
此刻白桦树正梦见鲜艳的彩虹、
长笛优美的乐声、黄鹂在树枝上歌唱。

月亮穿过逐渐变暗的树丛升上天空，
仿佛又圆又胖的鱼挣脱渔网获得自由，
由于月力或者晚霞的映照而浑身泛红。

寒冷用金刚石制作的笔，
在窗户的玻璃上画出树枝和树叶的装饰花纹，
还耐心点缀一些细节，
变成一幅在毛玻璃上制作的精美、雅致图画！

我们殷实富有，每天都能够欣赏璀璨、耀眼的钻石，
它们是早晨的冷气在窗户玻璃上面画出的珍宝。
不过现在还不能把它们收集起来，
有朝一日我将把它们握在手掌中。

峭壁像多林山脉的巨大怪兽，
为了畅饮温暖的河水，一个接着一个贴近阿穆尔河边，
啊，喝后呆若木鸡：丝毫没能解渴。

一百年前，就连喝沼泽地的水都不害怕，
如今，喝浩瀚的阿穆尔河水都不能解渴，
只在口头上说要保护河水清洁，
难道没有发现：河里的鱼日益减少，
人们正在污染自己的河流。

诗意速写

骤然，狂风呼啸袭来，阿穆尔河瞬间变得黑暗，
掀起的浪涛犹如白色鬃毛的马群在飞奔，
风浪撕裂小船的风帆，把它吹向安全的浅滩，
不幸的是：一个巨浪出乎意料地击中了船员。

复活节的餐桌上摆满馅饼和甜奶渣糕，
此时向上帝祈求幸福不可过高，
否则你会失去现有的一切，
被送上"救护车"或者"囚车"。

烟尘一天比一天污染大地，
使我们失去太阳、蓝天、斑斓的彩虹，
谁是这些灾难的罪魁——不知道，
只看到早春的干旱持续到盛夏。

众所周知：人们走进森林，走出后留下一片荒地。
理智在无力地沉默：森林被燃烧，不可避免。
政府应该采取措施，而不是扮演比里当笔下的驴的角色。
森林被烧毁令人心疼，
而烧毁它的人——正是我们自己。

阿穆尔河的浪涛温柔地拍击着小船，
蔚蓝色的远方罩上一层云雾，
太阳的反光在河面上顽皮地嬉戏，
斑斑驳驳非常耀眼，不得不眯缝起眼睛。

从合叶子草宽宽的叶子上，露珠吧嗒吧嗒地向下滴。
我用手掌从拂子茅草上收起颗颗露水用它洗脸
——其乐无穷。

诗
意
速
写

比里当笔下的驴，板其优柔寡断的人，
源自十四世纪法国哲学家比里当的比喻：
一头驴在两堆草料之间，不能决定吃哪一堆好，以致饿死。
——译者注

忧郁的云杉佩戴雪的盔甲，仿佛贵族穿着白毛皮衣，
它们守护着寂静。
但风儿苏醒了，吹拂着光秃秃的树枝，
用轻柔而宽阔的翅膀把寂静带向远方。

旭日和煦的阳光洒在赤杨的柔荑花序上，
使它变得柔软，在枝头上弯弯曲曲地下垂，
像渔具上的鱼钩似的，
柔荑花序正等待着第一批蜜蜂使者。

俄罗斯的皑皑白雪在蔚蓝色的天空下闪光，
房檐的冰柱从木屋顶往下流淌，
黑色的乌鸦张开翅膀站在栅栏上，
吃得饱饱的肚子被太阳晒得暖洋洋。

太阳高高升起，融化田野上的积雪，

小小冰块解冻时发出微妙的响声，

这是春天正在渐渐地摧毁冬季堡垒，

冲破长期的坚固防线。

在因寒冷变得瓦蓝瓦蓝的河面上，

寒风追逐着落叶编织的、尚未沉底的绿色小船，

即使沉底它们也能够从河底穿透厚厚的水层闪烁，

正像心底珍藏的最美回忆一样永不泯灭。

爷爷和奶奶像两棵老树，他们勉强活着，

干枯的树枝虽然互相打扰，却也是一种支撑，

如果大风吹倒一棵树，另外一棵也会立刻倒下。

寺意速写

被命运抛到异国他乡的流亡者，

感觉到人生道路已到尽头，

他全心全意渴望回到祖国，

为的是说出藏在心底的最后两句话：

"永别了！"和"请原谅！"

林区的村庄实行连环担保制度，

集体保护森林，每个人应为他人负责，

一旦发生火灾全村人一起出动，奋力扑灭火海。

人，如同海边的卵石，按照大海的规律生活，

不喜欢有棱有角、难以相处的人们，

日常生活像涨潮的海浪一样日复一日地拍打着人们，

渐渐地把他们打磨成习惯的圆形和扁平形。

海鸥在废弃的小船上空盘旋

诗
意
速
写

在光秃秃的森林里柳叶菜的红色花序不是鲜花，
而是祭奠平安度过冬季而点燃的蜡烛。
它们还是即将到来的、不可逆转的灾难信号，
要知道，我们的生存环境随着森林火灾而毁灭。

人是为了幸福而诞生的，
　　寻找伴侣是为了与他或她分享幸福的喜悦。
出乎意料竟然找了个酗酒者，
每一杯酒都通向生活底层和丧失理想的阶梯。

爱情仿佛给人插上翅膀，但却让人丧失了飞行的自由和渴望，

婚姻之神用锁链把你牢牢锁住，

远比把普罗米修斯用神链锁在山崖更加牢固。

永恒。太阳、水、风的力量可以把群山夷为平地，

把荒漠铺满沙砾。我欣赏着从手掌上向下缓缓流下的细沙，

心想：细沙——这是不是昔日喜马拉雅山残留的颗粒？

普罗米修斯，希腊神话中的提坦神，

从奥林匹斯山盗取天火送到人间，

为此宙斯命赫菲斯托斯把普罗米修斯禁锢于高加索山崖。

——译者注

乘坐用桨划的小船从哈巴罗夫斯克沿阿穆尔河向尼古拉耶夫斯克航行。科利别里和艺术家瓦西里耶夫在码头旁休息。一九五五年

诗意速写

沿巴贾尔河谷会考察之前。科利别里、奂文基人格尔莫尔贫格诺夫、苏联地理协会阿穆尔河沿岸地区分会学术秘书阿·斯拉潘诺夫。一九五八年

寺意速写

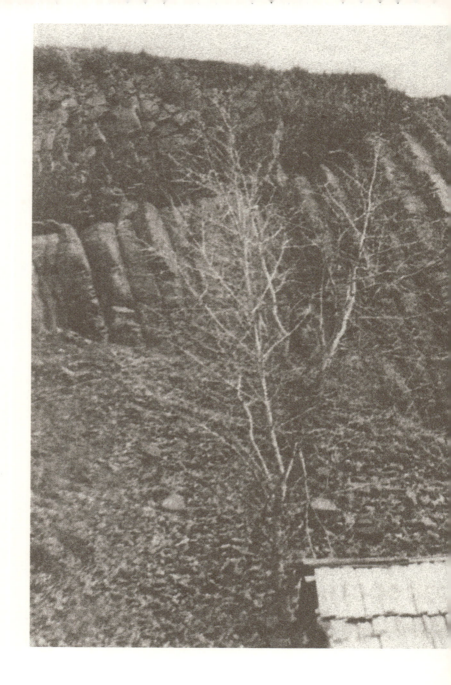

诗 意 速 写

华揽洪摄

捕捞到一条大鱼⋯⋯二百公斤左右

恶索耶夫拿着游蛇蜕下的蛇皮

诗意速写

乘坐小船沿卡尼赫扎河航行。寻找人参。斯特列诺夫科夫、科利朋里、乌莫伊科。一九六一年

诗意速写

诗 意 速 写

苏联英雄 B.泡克拉索夫、科利别里和儿子伊万、作家 A.马克西莫夫在贝奇港

诗意速写

科利别里和作家 B. 科雷哈洛夫坐在阿穆尔悬崖脚下

比金河水泛滥时的清晨

诗意速写

见
闻
遐
想

新年过后天气渐渐转暖，我们鼓起勇气登上阿穆尔河堤岸。那里生长着一棵我们喜爱的树——爆竹柳。当柳树还很小的时候，我们就格外注意它、关心它，眼看着它从幼苗成长为大树。它位于林间小路旁，远离其他的柳树 因此从远处就能够看到。现在它已经枝繁叶茂，从树干上长出茁壮的树枝向四面八方伸展，树干被压弯，树根上出现一个不大的树洞。

有一天，我和妻子玛丽娜又到那里去观赏爆竹柳，我抢先几步走到树前，把写好的"电报"塞到树洞里，上面写着："请你们常来看看我，不然我会非常寂寞！"寒风凛冽，柳树枝、附近的灌木丛、干枯的艾蒿、贴在地面上的茅草都披上了毛茸茸的外衣。白雪晶莹，天空清澄，尽管万里无云，但不是蓝色，而是淡白色，放眼望去白雪皑皑。枯萎的艾蒿保持着夏天的气味，折断几枝用手指揉搓几下，便立刻散发出奇特的浓香，甚至能够浸透到衣服上面。这不是散步，而是投入大自然的怀抱，心旷神怡，是冬天馈赠的礼物！来到喜爱的大树面前，趁它们还健在，多看望看望吧！

南美的某个城市装饰了一株高达八十米的新年枞树，为了进入吉尼斯世界纪录大全，上面挂着闪闪发亮的彩球，在二十五米远的地方都能看见。在森林中枝叶繁茂、覆盖着白雪的鲜活枞树远比城市中被装饰的枞树更加可爱迷人，散发着林木的香气。令人欣慰的是：这株高大枞树挽救了几百株幼小枞树的生命，它用自己的胸膛挡住了斧头对幼树的砍伐。为了更多小树的存活献出了生命！这很高尚，可是，听起来有某种为我们的蠢事辩解的意味：新年之夜必须在枞树下欢度快乐时光。

冬天，太阳腼腆地、低低地升起在地平线上方，很快就匆忙地隐藏到寒冷的雾霭中。到了三月才升得较高，善意地看着人们，仿佛在问："怎么样？冬天总算过去了，挨冻了吗？再忍耐一些时候吧，我将赶走严寒，融化积雪！"真是这样：放眼望去，积雪上面覆盖一层薄冰——亮晶晶的，很像一大块旧毡子被蛀虫咬出的大窟窿。

从前绵软、蓬松的积雪变成了带刺的皮衣，个个刺芒都朝向太阳。小冰块融化时发出的响声消失了，好像未曾有过。周围一片昏暗，这有助于捕捉从天空散射的能量，慷慨地把温暖送到人间。我们远东的春天就这样羞答答、静悄悄地降临大地，没有小溪欢乐的潺潺流水声，也没有桃花汛泛出水面的景色。

夏天多雨，河水泛滥，而冬天则雪少、酷寒。秋天飘过几片雪花，冬天还能看到零星痕迹。进入二月，大地依然光秃秃的，常言说："大地仍躲在棉被下越冬。"阿穆尔河上的冰层厚度有一米多，而土层冻得更厚。很多的鱼类在这样的严寒季节被冻死。飞鸟也很困难。榛鸟、黑琴鸟习惯埋在积雪下面过冬，在树枝上面太冷。我在阿穆尔河左岸走了很多地方，没有看到兔子的踪迹。在河水泛滥时，如果本能没有提示它们逃到山区避难，那么所有兔子都会被淹死。浣熊也难逃厄运。艰难的冬天……

通常，一月上旬严寒依旧相伴，下旬也不见好转。不怪常言说："夏天炎热，冬季酷寒。"我看着窗外，啊！那是什么？一滴融化的雪水宛如钻石珠子一样闪闪发亮，真的是水滴吗？这才是一月十一日呀！是的，是融化的水滴。我甚至隔着玻璃都能够感受到阳光照射的温暖。

白天，天空浮现出淡淡的薄雾，他们没有使太阳的清晰轮廓模糊，而是看上去像一个闪烁的光点，照亮了天空。空气新鲜，令人神清气爽。已经感觉不到寒冷了。在这样的暖和天气里，不再躺在巢穴里冬眠的大小动物选择山崖僻静之处，左右观望，想找一个躺下晒太阳的舒适地方。由此一月份通常也叫暖身之月。

二月中旬下了一场雪，景色如入仙境。白雪覆盖大地，晶莹洁净。轮廓清晰的树木银装素裹。宛如披上厚重的皮毛大衣，在耀眼的阳光下散发出锦缎般的光芒。树枝上面的雪块有时散落下来，为大地罩上银色的幕布。天空清洁、大地清洁、城市清洁，这一切使人的心灵也会纯洁。

沿比金河支流卡尼赫扎河航行。马莫年科、科利别里、普罗斯库里亚科夫在木筏子上。木筏子勉强支撑着他们三人，找找人参。

进入二月下旬，阳光普照，春寒料峭，不过似乎已经散发出春天的"气息"。虽然还不明显，但感觉到季节正在变化，春天即将到来。依稀可见春回大地：覆盖大地的白雪开始融化，光芒刺眼，不得不眯缝起眼睛。山峰呈现出淡淡的蓝色，麻雀活跃起来了，喜鹊也开始叽叽喳喳吵个不停。这些征兆无异表明：春天来了！

教授捏恰那夫科利别别里在阿鸥贡河畔

冬季的白天比麻雀的嘴还短。下午五点钟已近黄昏，黑暗蔓延大地，太阳正在向山巅后方下落，但依然散射出霞光，染红天空。灰白的夜色笼罩屋顶上残留的积雪，白色的幕布铺满菜园，遮盖了光亮。简易的农村小屋低矮，像趴在地上的一个个土堆，在寂寥空间默默地哀叹。一些窗户闪出怯懦的光亮，烟筒冒出蓝色的火星儿，然而这些并没有为村庄增添生气，给夜行人带来慰藉。寂静、寒冷，很不舒服。

二月二十二日。早晨霞光灿烂，天空碧蓝。昨天积雪融化得很快，道路非常泥泞。今天气温曾下降，后来又回升了。在这样的天气山峰蓝莹莹的。我很想出去走一走、看一看。春天一向使我激动，激活我远行的欲望。然而这种远行不是到城市里，那里只是远行当中的驿站，在通向活生生大自然的路途中不得不停歇的中转站。

我来到阿穆尔河畔，看到奇特的画面：岸上的树木散发出冰冷的湿气，满身披着白色的绒毛——厚厚的白霜，压得树枝弯曲下垂。白霜亮晶晶的，闪闪发光。松树树枝上堆积着很厚的霜，看上去好像白雪制成的蓬松菊花。乏味的冬天给人带来欢乐的景色。对于我和玛丽娜来说，二月的最后几天不只是苏联建军节，还是我们在战友们的祝贺下在前线结婚的纪念日。一瓶战利品白兰地酒和一铁锅煎土豆，土豆是由一只手伤残的士兵——红旗奖章获得者亲自煎的。没有婚纱、没有戒指，我们相濡以沫生活了五十年，并抚育了子女。当时非常艰难，希特勒法西斯部队穷追不舍，我们奋力反击，早晨我到部队去，妻子盼望着、担心着——他能够回来吗？啊！昔日的早春二月……

阳光照射在冰层很厚的玻璃窗户上，玻璃面上仿佛裂成了许多碎块。在诸多闪亮的小碎块当中凸显出一些较大的碎块，如同黑暗天幕上大熊星座那样格外显眼。一些碎块闪出红黄色、另一些稍浅一点，闪出黄晶石的光芒，第三类仿佛祖母绿——光彩耀眼，还有红宝石般的殷红，此外，窗户四角隐藏着拉长石淡蓝的微光。只需你改变一下视角，便会五色斑斓。太阳慵懒地在铺满银霜的大地上缓缓升起。冻僵了的小白桦树瑟缩颤抖。

我参照野外写生画稿作画，眼前的景色仿佛是昨天，而不是一年前——北方的春天历历在目。命运之神把我带到距离尼尔坎一百公里位于朱格朱尔山脊上的一个养鹿场。当时是三月下旬，一连几夜气温都在零下二十五度。河面上的冰层发出断裂的响声，冰下溢出长达几百米的水结成厚厚的冰锥。黎明前冻结的冰层上面铺满白霜，仿佛刚刚下了一场大雪。柔软、蓬松的霜覆盖着每株小草、每根树枝，很像镶嵌着精美的花边似的。太阳从银白的森林后面露出笑脸，把冬天神奇的美酒向人间：一切都被照得闪闪发亮。立刻明显暖和起来，中午时甚至可以脱下短外衣。在前一天选定的喜爱之地，把短外衣摊在倒木上，坐下开始画画。眼前，是不太宽的尼亚班德河，河面上的积雪光滑平坦，河的这一岸生长着树枝褪成褐红色的云杉林，密实得像一面墙，河的对岸是幼小的钻天柳树林，树枝已经泛红——春天的标志，而远处的灌木幼树林看上去很像秋天的小叶槭树火红火红一片。岸上的落叶松和白杨分别投下的蓝色阴影，在河面上交相辉映。远方山峰的白色圆顶亮晶晶的，山巅之上是一望无际的碧空。雪在融化，雪水从倒木上向下流淌，雪块从云杉的树枝上散落，树枝长时间地颤动。葡萄树的树枝从积雪下面钻出来，很像从羽绒被里伸出的手。寂静中听到雪向下散落的响声。北国之春的美妙瞬间！春天的降临如此迅速，春天顷刻之间来到人间，让人觉得突然，尽管早已期盼春回大地……

阳春三月，天气骤然暖和起来，雪水到处流淌，冰柱像最纯净的水晶般闪烁。我去参观一个彩色画画展。仿照中国画和越南画用植物性染料在丝织画布上作的风景画。画上树木的轮廓模糊不清，好像在薄雾之中，勉强看得出来。有一定的效果。人们驻足观看。画旁边的题词是："大地上存在的一切都和宇宙互相联系在一起。"我们都能够感受到它的影响，但却摸不到它，它没有物质化……现在人类对太空的探索取得了很大进展，地球与宇宙空间的联系已成为现实，画的题词得以验证，不过当时画家本人未必明确他想要表达的是什么。

三月末，在融化的雪水流向阿穆尔河的地方出现了鹭。它是从松花江沼泽地飞来的。孤零零、单腿站在冰面上，忧伤、孤寂。它本来指望这里已春暖花开，其实不是这样。湖水冻得严严实实，湖面覆盖着厚厚的积雪，它找不到吃的东西。故乡一向以美好令人向往，鹭听从了这种呼唤。可是故乡——不都是亲娘，有时也有后妈。这只鹭就权当是飞到这里了解环境的侦察兵。第二天、一周后，鹭没有再出现。这意味着，鹭告诉自己的伙伴们："飞往阿穆尔河为时尚早，再等一些时日吧！我是这样理解的……"

四月初，天空昏暗，浓云密布，刚刚下过的雪覆盖着开始融化的冰块，晶莹闪亮。春天穿上了迷彩装。黑色的乌鸦十几只成群飞来飞去，在冬季钓鱼的地方觅食，它们知道钓鱼的人没有烤面包和小菜是不可能生活的，因此在这里总会给它们剩下点什么。

阿穆尔河还没有解冻，再过半个月才能完全融化。在河畔，在刚刚开始融化的河水里有两个"冬泳爱好者"——穿着游泳裤的健壮小伙子。他们的双腿试探着冰水，全然不顾冬天的寒冷刺骨。坐在沙堆上的孩子们像站在栅栏上的麻雀以羡慕的目光看着他

熊在觅食，它很想吃鱼。两只好奇的海豹从海面露出头来观望

们："唉，我们也能像他们一样该有多棒啊！"其实凡是健康的人都能够成为"冬泳爱好者"，但是需要很大的意志力，最初下水之前必须克服对冰冷的恐惧，当然，还应具有足够的勇敢精神。

四月二十二日，早晨阿穆尔河上的冰层依然如故，到了中午冰面出现裂痕，从阿穆

越冬小屋——冬天可在小屋取暖、过夜、躲避恶劣天气

尔河支流涌出大量厚厚的冰块，一块挤着一块，在花岗石的堤岸旁边重重叠叠。这是苏醒了的乌苏里江唤醒了阿穆尔河支流，浮冰开始奔腾而下，这就是人们所说的：跑冰排。万物复苏：松树的针叶泛出微绿，青草从土里钻出来。微风吹拂着杨树和榆树的树冠，仿佛温柔地抚摸着它们。

静悄悄的黎明，雪花飞舞，温婉动人。白桦树上挂满雾凇，又白又亮，仿佛庆祝自己的节日：出生、成长、从幼年到成年，幸福的一生。蓝天罩上一层透明的薄雾，卷云的五指伸向天顶，淡淡的云雾遮挡不住阳光。白雪、空气像贵重的镭缎闪闪发光。融化的雪水从屋顶上开始向下滴。这是大地上唯一没有被污染的水！

四月二十三日，我看见开着柠檬黄花朵的诱人花海。无论毛榛茂密的树丛、无论深谷和阴沟尚未融化的大块雪堆，都阻挡不了太阳对花朵的照射。这就是——雪莲花，人们也叫它侧金盏花。如同毛茛科的其他植物一样，雪莲花也有其毒性。不管怎么说，在寒冷的大地上，在光秃秃的森林中，第一眼看到盛开的黄花时，内心总是无比畅快。在植物中也像在人们当中一样，存在着易于生长和勇敢无畏的花草，它们值得我们赞美！

四月。下起毛毛细雨，中午前浓重的乌云笼罩天空，雷声隆隆。按照预兆：如果在光秃秃的森林上空雷声大作，便预示着粮食歉收。我们恰恰还没有遭受过这个灾难！其他的灾难一个接着一个：火灾、旱灾、秋天田里的作物遭受涝灾……

五月八日我和儿子去钓鱼，他专心钓，我在岸上随便走走看看。河柳、垂柳已长出灰色的、丝绒般的柔荑花序，但是还没有散发出蜂蜜的甜香味。杨树枝上的嫩芽含苞待放，即将抽拔出树叶，尖尖的很像水彩画家的画笔。山茱萸柔软的细枝一片鲜红。阵风掀起浅沙滩上的沙土，河面微波荡漾。河水变黄，又变成铅灰色。阿穆尔河的水位正在下降。

傍晚大片大片的乌云从西北方向滚滚袭来，仿佛浪涛一样翻腾。瞬间一切都戛然而止，惊恐地等待着大自然不期而至的灾难。四周漆黑一片。即将下起大暴雨，猛烈、寒冷，甚至还会下起冰雹。然而，突然刮起一阵雪崩风，掀起沙尘，把大片乌云撕成碎片，席卷而去，离开城市上空。太阳重又露出笑脸，照亮乌云刚刚留下的湿润痕迹，乌云已经飘向远方。

六月，天气酷热，正是割草季节。中午积云遮蔽天空：倾盆大雨的危险预兆。傍晚积云散开，零星云朵向地平线飘移，躲藏到天边。到了深夜依然不堪寂寞，无声的闪电瞬间闪亮几下，划破漆黑的夜空，似乎互相传递只有它们之间才明白的信息：黎明前露水较多，将洒满草地。

六月末天气开始炎热、干燥。白天三十多度，光脚站在沙滩上感到滚烫，呼吸困难。一大清早天空就是灰白色，好像所有颜色都已经褪色，一丝蓝色都没有留下。直到黄昏天空浮现薄云，勉强能够看到，不过很快浮云消散，没有缓解燥热。这第三阶段的燥热期加上前两个燥热期导致森林火灾，两三场小雨勉强淋湿沥青路面，缓解不了旱情。田地里的庄稼、蔬菜、树叶干枯。路旁的杨树几乎光秃秃的，尽管远远没有到落叶季节。天灾！

大家都知道在阿穆尔河沿岸春、夏季节必然干旱，但却不承认灌溉农田的必要性。宁愿投入大笔的钱去改良土壤。可是普通人家菜园子里的黄瓜和西红柿如果不浇水怎么能够生长呢？难道还需要什么事实证明修建灌溉系统的必要性吗？

天空晴朗、寂静，寒气袭人。从远处眺望，城市是蓝色的，很像作家格林笔下的蓝城。我们沿阿穆尔河左岸散步，心旷神怡，在我们沉闷、艰辛的生活中，此刻真的像节日一样快乐。这不是节日——是命运的礼物！我们浑身浸透着寒气高兴地回到家里，家中的温暖简直就像天堂。寒冷的身体暖和起来，脸和手泛起红润。全身舒展、轻松、令人陶醉，此刻，喝上一杯浓浓的热茶就更加飘飘然了，这不是茶，干脆就是上帝赐给我们的甘露。

小雨的淅沥声在这里犹如雷鸣。这是大的岩洞所具有的寂静——死一般的寂静，这是特有的现象。我感觉在高山面前自己都不如山脚下的一个小昆虫。山脉的生存不是按照我们的时间计算的，而是按它们自己的时间计算，我们的几千年对它们只是一瞬间——秒针向前移动了一下。

艺术，这个词的词根近似考验、诱惑，当然，它具有不同的意义。诱惑：是指特别希望用某种方法表现人和物的世界，或者有时渴望表现并不存在的、幻想之物。我认为：表现力——这不是我们现代人特有的，古人，在他们没有意识到自己是人的时候、在人诞生的时候就已经存在。

第二种意义—— 熟练而精巧地制作某种作品，也就是说：人为地以极其逼真和高超的手法表现现实事物、日常生活场景、历史事件，并且惊人的相似，第二种意义的产生大大晚于第一种意义，当时人们已经意识到自己是生活的主人，只是在他尚未征服的自然现象面前望而却步。宗教具有表现现实世界的能力，每个宗教信仰各不相同。为了对信徒发挥更大的作用，需要职业艺术家，他们只从事艺术，不做其他任何事情。为此必须培训、教育，起初是拜艺术家为师，然后是开办学校、学院，有系统地培养人才。只允许职业艺术家从事艺术：绘制教堂里的彩色壁画和圣像，用石头或其他材料雕刻上帝的大幅圣像。制定了绘制上帝画像的规则、工艺乃至彩色颜料的配方……

不过，渴望表现艺术的人不只是个别天才，而是很多人。当从宗教艺术分离出世俗艺术之后，很多人开始从事艺术，他们被称之为一知半解的艺术爱好者。作家歌德认为：他们与职业艺术家的不同在于他们没有全面掌握绘画技巧，因此不可能创作出完美的艺术作品。我觉得：词典中对这个词的定义比较准确：艺术爱好者是指出自爱好、喜欢、兴趣、消遣而不是为了赚钱获得报酬而从事艺术的人。职业艺术家寻求订货、开始作画是希望他的画将会有人购买。业余爱好者满足于绘画、雕刻的过程本身，甚至不指望参加什么画展向人们展示自己的作品。

据新闻报道：被认为完全捕杀灭绝的格陵兰鲸鱼在鄂霍次克海上出现了。人们观察到不大的一群鲸鱼，看到它们正在交配。真好，没有绝种！看，鄂霍次克海重又繁殖鲸鱼了，否则，沿岸随处可见的鲸鱼和白鲸的骨头才会使人想起这里曾盛产过鲸鱼。

一只狗把一群小野鸭子从大街对面的草丛追赶到大街上，它们张开翅膀飞走了，有一只留了下来跑到我们的大门口，这只小野鸭急忙钻到邻居院子的草丛中。那里的艾蒿和滨藜密密麻麻，和屋顶一样高，是个可靠的避难场所。我很高兴小野鸭躲藏起来了。观赏轻信而美丽的小鸟远比把它当作餐桌上的佳肴更加快乐。然而饥饿不是好心的阿姨，饥饿难以抵挡内心的冲动。

回家没过两三天，就又想去别墅了，而且恨不得马上就走。那里所有时间都在户外呼吸新鲜空气，不停地活动，那里的火炉散发出的温暖令人恬适，坐在炉旁看着炉火，可以一直坐到晚上。在那里呼吸轻松，感觉自己好像是另外一种人——我们大自然——母亲的真正之子。

城市里司空见惯、栽种着各种植物的林荫道令人感兴趣，比如，阿穆尔林荫道的一部分地块上就有三十多种乔木和灌木。关于每一种树木都可以写出随笔、短篇小说，可以采集下来做成植物标本。遗憾的是我没有看到哪一位老师带领学生到这里来，现在这种教学方式已经不适用了。从前我们像等待过节一样等待这样的实地教学，这是我们认识生态学的第一个阶梯，关于生态学目前正在大谈特谈，如果以居住在沙漠国家非洲人的目光看待我们浩瀚的阿穆尔河、我们多雪的冬天，那么就会明白水有多么重要了。我记得，我陪一位乌兹别克来的朋友到阿穆尔河去，他大为震惊："啊，这么多的河水！"对于他这个种植棉花的人来说——水，代表财富。没有水，土地将会贫瘠，毫无收获。"你想坐船看一看阿穆尔河吗？"我问他。"不，我害怕！"

我们的森林美女——白桦树，应荣获"战胜德国法西斯"奖章。三英寸口径步枪的枪托就是用白桦树制作的，这种步枪在整个卫国战争期间直至胜利都是步兵使用的主要武器。为了战胜德国法西斯砍伐了数百万株风华正茂、窈窕淑女般的成年白桦树。还

从莫格德向巴贤尔山出发之前。集体农庄主席、向导维科夫列夫，科利别里里，阿捷潘诺夫，恩索耶夫。一九丘六年

有，砍了数千株白桦树制作阵亡将士墓碑上的十字架。难道这些不也都是功勋吗？

科利别里二十年后与向导维科夫列夫再次相见，向导已年近八旬，但仍在捕熊。一九七七年

早晨我在公园看见几只雪鹀鸟。它们在那里东奔西跑，茫然失措，好像突然被从幽静地方赶出来的一些

蝙蝠一样。几只无拘无束的灰色小鸟不停地折腾：在这个冰天雪地里没有它们的栖身之处。在这里它们像长途列车上的旅客从温暖的车厢偶然被抛了出来，不知道在哪里临时逗留。早春的阳光还不能够融化积雪，可是它们已经感觉到春天将至，它们展翅飞翔，飞向遥远的北方去筑未来的巢穴。它们在我们的田地和小树林里临时逗留是为了躲过恶劣天气。我不止一次发现恶劣天气迫使飞鸟逗留，甚至它们不得不飞回到它们冬天栖息的原地。特别是那些候鸟，它们常常提前远行。故乡的呼唤——这种浓烈的情感难以抵挡，可是，故乡对自己的孩子并不总是体贴爱抚的。

黎明，天亮得较早，空气特别清新，霞光染红了天空，万里无云，没有一丝恶劣天气的征兆，但将会出现坏天气，鸟儿比人们更早地预感到了这一点。

三月末在远离城市几百公里的朱格朱尔山山脉以北的地方，我有机会再次看到雪鹀鸟。人们用飞机给在产犊之前的鹿群送来配制饲料，雪鹀鸟不知道从哪里飞来，尽情地吃起撒在雪地上的饲料。值得惊奇的是：这么小的鸟儿怎么有能力飞越如此遥远的距离，以便回到寒冷的、并不亲切的，但是发出呼唤的故乡——冻土地带。

针叶树——云杉、松树具有特别敏感的部位——主芽。每逢春天，主芽放射出长长的"烛光"束——未来的树枝，整个夏天可生长到七十厘米。如果这个主芽受到损害，整棵树将长期生病，缓慢生长，直到某枝树枝自愿担当主芽的角色时为止。

沿着马亚河航行进入阿尔丹河口，我看见附近的山坡上生长着茂密的松树林，其中一些树木患有"鬼帚病"——树梢上面的树枝呈球形卷曲。病因是什么？林业工作者还没有答案。我在想是不是主芽受到损伤的结果呢？

十六岁以后被认为是成年人。一些事不可以做，其根据是年满十六岁可领取护照。人开始进入成年就不光是从社会索取，而且自己也应做出某些奉献。这个过程很长，有时甚至要到三十岁。原因在于学习的期限很长。高等教育的声望使青年人获得好的职业，可是有时候并不是他们喜欢的职业——只有再次深造，才能知道什么职业最适合自己，不得不改变专业方向。

伟大的卫国战争使一代青年人经受了考验，获得了巨大的精神财富，有助于分析和辨别历史进程的主要规律性，作为公民在其中的作用，对祖国的义务以及此类情感。当然纪念战争必须对那些保卫祖国的人们给予尊重和关怀。否则，爱国主义——停留在口头上的空话而已……

浮萍——无根萍属。最小的水生植物，生长在池塘、湖泊和运河里。阿穆尔河下游小基济湖浮萍长满了宽阔的湖面，水面上仿佛铺盖了一层浓稠的绿色稀粥。把腿伸向湖水，胶皮靴子立刻沾满绿色，从湖里舀不出清水——掺杂着浮萍，小船经过时留下的深色痕迹很长时间不能恢复。鱼儿钻出湖面——留下深色的斑点。冬天浮萍淹没，浮萍能够在水库生存。在基济湖的东部、北部，接近鞑靼海峡的地方，经过缓坡和较低的山口大约八公里，浮萍长得特别茂密。科学院通信院士霍缅托夫斯基在哈巴罗夫斯克工作时，曾设想过一个从阿穆尔河经过基济湖入海的方案，可以使轮船驶向大海的航程缩短四百公里，不用像现在这样经过三角湾到尼古拉耶夫斯克，现在的航程比设想的方案多航行两个月。不知什么原因他的设想没能实现，却在纳霍德卡湾修建了港口……

相传在日本古都的寺院里有一座石头"花园"，特别受日本人崇拜。十五块大石头傲然挺立，它们之间有几条铺满白色砾石的小道。石头花园象征大洋中的吾干岛屿。再没有什么可以比它吸引观众的视线的了。它被称作"石头史诗"，"哲理性"花园，因为它唤起人们对生活本质和人的使命深刻的哲理性思考。凝望这些肃穆寂静的石块，浮想联翩，应该思考的问题还少吗？

对于每个人来说欣赏和谐与美，都是自然而然的事。和谐与美不仅存在于石块里，它们无处不在——在姹紫嫣红的花园里；在古代建筑物落满尘土的墙上；在惊涛骇浪滚滚而来的喧嚣声中；也在山脊顶峰岩石崩裂的轰隆声中；在动物的优美体态中；或者把普通的金色沙砾捧在手上，从手指缝间缓缓下落——一切都体现了大自然的和谐与美。

善于欣赏大自然——心灵健康的象征。

夏天正在消退。轻软的绒毛在飞舞，不知飞向何方，白杨披上绒毛做成的银装。

七月一日。旱雷轰鸣，狂风骤起，席卷大地，掀起一个月干旱积累的尘土，纷纷扬扬。旱雷呼啸而过，没有驱走闷热带来凉爽，没有为沥青地面洒下一滴雨水。只是杨树被大风吹弯了腰，折断的树枝和飘落的树叶铺满大地。后来，雨滴终于散落，开始湿润被炎热炙烤的大地。

清晨，扫院子的人把树枝和树叶扫起来，堆得像小山一样，扫帚在湿漉漉的沥青地面上唰啦唰啦地响。

我们——人们，同样遭受过类似的境遇。迅猛的风暴一个接着一个地在国家的上空疾驰而过，折断俄罗斯的幼树，使其枯萎，其实摧毁的不是绿树，而是人在旺盛时期的生命。毫不怜悯，不假思索……显然，是上帝使我们丧失理智才造成这些罪恶的。如果不是上帝，那么，就是我们尚不知道的某种生活法则。

七月，从杨树上飘下绒毛般的杨絮，汽车驶过时绒毛被卷起在空中飞舞，绒毛从敞开的窗户任意飞进房屋，在沥青马路上堆积，像花边似的镶在马路的边缘。男孩子们走过时把点燃的火柴扔到绒毛上，欣喜地看着：无烟的火焰沿地面飞跑，留下一片小小的印痕。而榆树则把变黄了的大粒种子慷慨地撒向大地，很像新年之夜跳舞场地面上撒着的小小糖块。

傍晚，下起连绵细雨，浓重的乌云拖着灰白色的胡须，笼罩着山峰。晚风吹拂着被雨水淋湿而变得沉重的杂草，河柳的嫩芽被吹得摇摇欲坠，混浊的浪涛后浪推着前浪，飞溅出的水帘像白色的马鬃在空中飘逸。

寻找幸福是件奥妙的事情，为了找到它献出一生，徒劳无益。应该平平常常生活，听从大自然本身的安排。认为幸福遥不可及，在遥远的地方，当奋力去追求，其实它就在日常生活当中：在达到力所能及的目的中、在喜欢的工作中、在家庭的和谐中、在健康的体魄中。不过，长久的、一成不变的幸福是没有的，幸福有上升和下降，只不过下降时有平稳着陆，有猛烈下降而被摔伤。这样的阶段应该忍耐，像忍耐恶劣天气、忍耐命运注定出现的不测那样。最终，在到达终点时你有权说："你是幸福的。"

如果，关于战争的男性诗歌中亚历山大·特瓦尔多夫斯基的长诗《瓦西里·焦尔金》是最优秀的，在前线报纸上刚一连载我们就疯抢着阅读。那么，在女性诗歌中，没有人能够超过尤利娅·德鲁尼娜的诗。她以女性的视角看待战争，悲惨的结局只能表明她的心灵无比纯洁、坦荡。诗中的主人公——璀璨的明星，他们将长久地为我们闪出光芒。

雨后的黄昏，东方的天空呈现浅蓝色，残存朵朵云彩。在一抹落日余晖的背景上，体态优美的白桦树洁白的树干显得格外耀眼，洁白得非同寻常，难以言表，光的柔美感来源于表现落日余晖的一幅画……俄国画家库尼吉时绘画成功地画出了这种光的效果。

七月二十二日，花楸树谢了，树丛上方到处是褐色花序。时值盛夏。在卷丹花上方出现两只黑色的黄凤蝶。美极了！看着眼前的景色，内心欢畅，心变得柔软起来，好像皮靴擦了油一样。我的高加索朋友在信里这样写过，此刻我就是这样的感受。八月十一日和十七日我再次看到黄凤蝶——也是黑色的。

九月五日，燕子在飞走前集合在一起，训练小燕子在成群的同伴中该如何飞行。它们应该遵循某种秩序，而不是各行其是吧？它们并排站在电线上面，仿佛谱写在纸上的音符，突然，好像听到什么指令似的，一起飞了起来，像暴风雪似的在空中盘旋，如撒在地上的豌豆似的在空中散开。然后再次回到电线上……麻雀也是成群飞行，它们关心的是：趁早采集更多草籽、种子，为度过漫长的冬天储备粮食。

在卡福卡气象站。卡伦久加、娄索耶夫、沙姆、气象站站长、科利别里

十月八日，夜里下过一场雨，早晨太阳高照，不过依稀感到秋天的凉意。树叶从白桦、山杨、枫树上纷纷落下。哪怕只有微风掠过，树叶也会像暴风雪那样大片、大片随风飞舞，像地毯一样铺满大地，厚厚的，蓬松的，几乎没到踝骨那么深。树叶沙沙响，仿佛低声哀求不要打扰它们。只有城市里的榆树在其他树落叶时期仍岿然不动，直到严冬降临。

赤杨——非常有意思的树种。大自然给它设计的程序是：生长在北方，在多云地区，日照较少。因此，大自然赋予赤杨最大限度地吸收和利用太阳能量。赤杨的树叶上布满细小的皱褶，阳光无论怎样照射，树叶都能够接受阳光，产生树木生长的养料——叶绿素。赤杨的材质富有弹性、木色呈柔和的粉红色、没有明显的层状、木质密实，适合做精巧的木制品。从前曾用它制作枪托。在赤杨树上遇见过树瘤，没有波浪形树纹——不像卡累利阿美纹桦木那么名贵。

我觉得艺术家们经常对艺术方面的"冒牌权威"顶礼膜拜，在由他们组织的、掩盖清醒声音的大合唱面前屈服。他们驱使艺术家们走上与俄罗斯心灵格格不入的抽象派、先锋派、扭曲艺术形式的道路，以便达到破坏人的心灵和谐的目的。没有心灵和谐就称不上是上帝的子民，而是魔鬼的顺从奴仆、没有祖国的人、没有目的不知向哪里游荡的浮云。"冒牌权威"知道时尚的力量，甚至强者在这种力量面前都无能为力，他们的理智在沉默，盲目吹捧先锋派具有现代性，尽管实际上根本没有。

先锋派、抽象派以及近百年泛滥的其他流派远远不是艺术，更像是贴在轮船船底上的贝壳。真正的艺术作品承载着精神能量，发自人的内心，是心灵迸发的结晶。而先锋派的作品是智力产物。是字谜、纵横填字游戏，以及其他类似的东西。先锋派作品要去猜想，有时连作者本人都难以表述清楚自己的思想。我甚至觉得这样的作品是病态的反映、是心理抑郁的结果，而有时候——干脆就是一种为了争夺知名度的竞赛，看谁的作品表达得更加难以猜测、更加无人看懂。很多人完全不思考作品的主旨，盲目地追求时髦。此类现象深深地触痛我的心灵。先锋派作品的负面影响是：抹杀人的个性，而可怕的是人们不愿意看到这一点。

圣母帡幪日（俄历十月一日。——译者注）已经度过，依然没有下雪，也不寒冷，难道只有山区是这样吗？十一月一日和二日下雪了，雪并不大。天空阴沉沉的，不清楚是白天还是已近暮色，潮湿而带有霉味的雾气弥漫，树挂散落下来——不是雪片而像是颗颗雪粒。大地像母牛身体那样斑斑点点，白色的斑点是田地，黑色的条纹是灌木丛。夜里寒气逼人，而早晨刮起了西北风。气候变幻无常，我们的生活何尝不是如此！

绣球花树上的果实成熟了——一串串鲜艳的红色、橙色小果，非常诱人。沉甸甸地压在细嫩的树枝上。茂盛的树叶开始凋谢，果实还在树上等待采摘。绣球花树上的果实现在有一股山杨树的味道，就连鸟儿都不啄它。只有上冻以后变得透明，味道才不那么苦涩。为了品尝我采摘了一点儿，撒上白糖，简直太好吃了！没有什么制作秘方！

感觉到阳光刺眼，我慢慢睁开眼睛醒了。早晨的霞光从窗帘的缝隙钻了进来。我朝窗外一看，啊，地平线上方的天空层云浮动，有的地方还有积云，在这轻柔得像洁白棉絮似的积云下面，浓重的乌云遮住了太阳，顷刻之间，太阳光束刺破乌云，勾勒出火红的虚线，仿佛一串闪亮的珠子。积云猛烈袭来……
云况变化很快，上层云驱赶下层云。常见的现象——锢囚（气象用语）——大气锋。起得早的人不止一次见过这种现象，但是，围绕云彩画出火红的虚线——实属罕见。应该捕捉这稀有的珍贵瞬间！

云杉下部枯干的长树枝对天气变化特别敏感，下雨、干旱时树枝要么紧贴树干，要么伸展向上。云杉树枝"晴雨表"受到养蜂人的喜爱，他们把它钉在蜂箱上或者放在室内，虽然，附近就有活的晴雨计——小花鼠，下雨前它们会惊慌地尖叫。对天气变化非常敏感的还有鸡、猪、燕子，它们以自己的方式发出信号。

桦树皮——白色、柔软、富有弹性、色调温和，是白桦树的皮肤。树皮——橡树、白杨、松树、红松、山杨也都有，只有桦树皮能够在月夜从内向外闪出柔和的光芒！桦树皮被损害、被剥掉，每到春天白桦树由于痛苦和委屈流出大量眼泪。白桦树流出的汁液带有甜味——我们把这种桦树汁当作天然饮料。

人的局限性从自命不凡，认为自己无所不知、无所不能开始。人在任何年龄都有可能出现这种状况。东正教把上帝不喜欢的这种"傲慢"看作——罪恶。

我把自己的五十幅画——风景画、静物画交给绘画展览馆了。本应该高兴，可是我却忧伤：无论怎么努力，终归接近尾声，到了该做总结的时候了。多么希望把绘画再提升一步，再做些什么，能否如愿呢？这仅仅是我或者每个人正当的情感吗？我们的作家弗谢沃洛德·伊万诺夫生病住院时，向医生苦苦哀求让他再多活半年，哪怕两三个月也行，为的是能够写完自己的回忆录。医生没有能够延长他的生命。上帝那里有很多时间，但不要指望他不加区分地把时间分配给任何人。我们应该更好地思考和做事以弥补浪费掉的时间，珍惜现有的大好时光吧！

俄国画家希什科夫、列维坦、波列诺夫、瓦西里耶夫、萨夫拉索夫的绘画静谧而豪放，宛如俄罗斯民歌，动人心弦，催人泪下。而观看法国画家马奈和其他西方国家画家的绘画时，引人注目的是技巧，全然不是内容。这是不是自己的内衣更贴身、自己家乡的月亮更圆呢？或者，俄国画家的确更能够细腻地捕捉人和大自然精神的和谐呢？画家奇斯佳科夫有一次看着英国画家的绘画时，用一个词，非常准确的词对绘画做出反应："手提箱！"绘画如同皮革制作的手提箱一样：做工精致、褐色、光鲜亮丽。

在人的记忆中没有什么能够像遥远的童年画面那样刻骨铭心，它们使心灵恬适，仿佛八月炎热天气偶然下起大雨喷洒大地，钻石般的雨点穿透阳光纷纷扬扬，紧接着弯弯的彩虹出现在高空。作家格林曾说："童年画面在人的记忆中一直存留直到白发苍苍。"而我说："还应更长，存留到生命终结。"

当人们问萧伯纳是否幸福时，他回答说，他幸福，因为没有时间考虑这个问题。他的幸福在于工作、在于创作。幸福各不相同，可以分成一定的阶段，如同昼夜划分一样。如果，在一定时间、在允许范围内、在不被灾难干扰的情况下，一个人能遵循命中注定的一切，那么可以认为这个人是幸福的。

西伯利亚的白桦树完全是另外的种类。生长在黑土地，枝繁叶茂，夏天，微风快乐地吹拂着茂密的树叶。生长在田地旁边的白桦树欣赏着田里的麦浪起伏。它们长时间抵抗秋天的降临直至某个早晨开始霜冻，刹那间周围一片金黄色。变化之快令人愕然：前一天晚上林木葱绿，次日早晨——火红浸染。然而，冬季的酷寒中又分外妖娆。

白桦树满身挂着银霜，宛如厚厚的毛皮外衣，压得树枝低低下垂。太美了！大自然的魔力使人无法用语言表达……

白桦树——当之无愧地被称之为森林美女，无论她单独沉思还是在白皙长腿姐妹中间，无论在她的垂暮之年还是生命开端，她都能够在夕阳西下最后一抹晚霞的辉映中闪出微弱的光芒。白桦树曾经是并且永远是美妙的民歌——哀婉、柔情，爱情和孤独的象征。

白桦树林——针叶树的摇篮，我见到过森林结构自然交替的现象。白桦树——暂时的宠儿——生存不到一个世纪就让位给森林之王——云杉。善于鸣叫的鸟也是如此，当布谷鸟长大时就把自己的幼雏赶出鸟巢。

太阳落到密密层层的高大森林后面，晚霞映红的天空依然明亮，它正在谦让地迎接黄昏。在天空的这种背景上树冠仿佛被刺破，树枝纵横交错形成黑色的大网。似乎网里还有鱼——微微泛红、弯弯的月亮。月亮逐渐凸显，闪出淡绿色的光芒。天空变得灰蒙

在楚库次永日然保护区。繁花似锦

蒙的，皎洁的月亮、闪烁的繁星主宰夜空。

大自然的美——这是各种植物和动物在最好的生存环境：太阳、月亮、星星的最佳光照、周围景观的完美交织达到尽善尽美的顶峰。不过我们对美有自己的偏爱：我们喜欢天鹅的优美姿态，却不能接受可爱的乌鸦，虽然它比天鹅聪明得多。对植物也是如此：我们喜欢铃兰、玫瑰、樱花、睡莲，而对毛茛或者驴蹄草编成的花束嗤之以鼻。

阿纽伊河岸上的倒木、枯枝

蜜蜂辛苦地建造自己的房屋——蜂巢。人，已经不做这些事情了。国家有建房和分房的机构，这是社会分工。分工的原则也适用于蜜蜂家族：喂养后代的蜜蜂、调节蜂箱空气的蜜蜂、担任警戒的蜜蜂、采集王浆和花粉供家族享用的蜜蜂。蜜蜂一代一代这样度过。而人除了本能之外还有理智，人还应完成社会职责，不能只当公蜂——不劳而食者。

我写的《阿穆尔河沿岸日历》最后一部分已在杂志上刊登了。紧接着还有一堆其他手稿应该加工、润色。要继续工作克服懒惰。不过偶尔头有一点痛。此时我想起在军队时的一个笑话：一个士兵请求准尉让他去医疗站看病，说自己头疼，准尉拒绝，说："这里怎么会痛呢？"他拍着自己的额头，"这里全是骨头啊！"也许真的不痛，而是懒惰驱使他想出去散散心，走一走？要知道，笑话并非无缘无故，其中蕴含着民间智慧。

生活——就是工作、工作。农田里翻地用的犁杖的铁犁铧也是一样，越使越亮，不使用就会生锈无光。不允许心灵慵懒，可以让它放松，但工作不能停歇。除了本职工作以外还应该有给你带来无限喜悦的业余爱好，舒缓紧张情绪，抚慰心灵创伤。

我们周围的万物——石块、树木、植物和其他生物中，蕴藏着无数我们还没有发现的美。我寻找到小小的一块：木雕。刻刀下的美！这是我的乐趣、我的业余爱好，它无法用任何价值衡量，心灵的快慰难以言表。在这方面当下流行一个粗俗、刺耳的词"癖好"，我不认同这个词，仍坚持使用"乐趣"。我的乐趣——很多年热衷绘画，现在又喜欢上木雕。

我一直认为：幸福将在未来某个遥远的地方，我觉得它是那样难得，几乎不可企及，甚至是某种特别的馈赠。其实，幸福就在你的身边、在你背后，静悄悄的，不显眼、不引人注目。原来，我所度过的岁月、从事过的事业、同周围人们的和谐相处，都是我的幸福时刻。当岁月流逝回首往事时我才明白：幸福始终与我同在，相随相伴，形影不离。

人，就其本质可分成两类：第一种人感觉自己是债主；第二种人——债户。债主的不幸是：他们总认为所有的人——子女、父母、同事，乃至全体人民——都欠他们的债，破坏他们的生活、毁灭他们的个性；债户则具有另外一种最高境界的、令人伤感的困惑：面对生活、面对人民永远无法偿还的债务。我近似债户。我不追求荣誉、不奢求褒奖，我感到幸福的是自己还能够做一些有益的事业。

人在很多方面取决于天性及其状态。寒冷、阴雨天——如果内心寒冷，那毫无办法，只有等待转变，不过生活还要继续，正如一位雅库特老人说得好："寒冷、阴雨天——这很好啊，雨过天晴，将出现太阳，暖洋洋的！"

清晨我和儿子到郊外的别墅去。太阳高照，天气炎热，碧蓝的天空上缓缓飘着白云，它们遮挡不住阳光。我们脱下衬衫，我很想晒一晒皮肤。燕子在头顶上毫无顾忌地飞来飞去，在门口和窗洞之间穿梭。麻雀则和自己的小雏在鸟巢里享受天伦之乐。放眼望去，一片绿色的海洋，一些树木上花团绽放，尤其是苹果树开满花朵，仿佛不是树，而是披着婚纱的新娘。我们城里人缺少的恰恰是这样的大自然。心灵多么眷恋大自然，两只手多么渴望在菜园子里干活！在这里不仅缓解身体的劳累，还能使心灵得到安宁、排遣任何烦恼。我父母年轻时就离开了农村、离开了赡养我们的土地。我更是远离这些。如今，思念土地、向往田园、想干粗活：挖地、劈柴、烧荒、修建点什么。这是什么——是早已被环境砍断了的根在呼唤吗？命运之神把我父母引领到千里之外的异域他乡，而根的呼唤却留在我心间，这是否提醒人们：根，是永远存在的！

休息，每个人有自己的理解：一些人热衷于玩多米诺骨牌的顶牛儿，而另外一些人——劈白桦树木桦。冬季寒冷天劈木桦较为容易，用力一斧子砍下去就成木桦，而夏天劈山杨或者椴树则比较困难，木质带有黏液。寒冷天气劈柴还是一种体育锻炼，是一种快感：不戴手套、脱下外衣、浑身发热，仿佛凉气被迫离开你那发热的身体。在北方，在尼尔坎村冬季取暖需要二十立方米的木桦，每家每户都有长长的木桦垛。当然都是松木的，那个地区的松树特别高大，当地老住户形象地说："如果拖拉机拖着松树，树根在村子的这一端、树梢则在村子的另一头……"

阿穆尔河左岸，黄昏，太阳落山，一个火球在燃烧，它染红了遥远杞柳树黑暗的林带。深红色的光芒在覆盖着白雪的冰层漫延，在耀眼的雾凇上闪烁。黎明，一轮圆月在那里升起，然而，苍白，俨然褪了颜色似的。

春意盎然。顷刻之间，大雪纷飞，铺天盖地，它给人带来的魅力和惬意难以用语言形容，从天而降的不是片片雪花，而是大块大块的白色棉絮，急骤而密集，简直就像从枕头里倾倒出来的羽毛。白色的广漠空间失去了界限，无法把目光聚焦在某一点上，无法注目，世界真的是无边无际。

雪，没有确定的颜色，把它表现为白色——是原始现象。真正的画家善于仔细观察，只有在那一瞬间他所确认的颜色——是雪的本色。认真地观看伟大画家苏里科夫、格拉巴里、尤翁的绘画，你会发现画面上的雪总是不同颜色的。

十二月末，寂静酷寒的季节。乔木、灌木、草丛镶嵌上白雪的花边。闪闪发光的雾凇从树枝上散落，晶莹的白雪锦缎般耀眼。白雪皑皑的大地上留下雪橇划过的痕迹、行人踩出的脚印、树木投下的阴影。静谧，在这非同寻常的寂静中仿佛听到音乐声、小小银铃发出轻微的丁零丁零声，这些声音不仅悦耳，而且直接触动心灵，令人心情舒畅，生活充满阳光。

法国诗人贝朗瑞曾说：人在给自己创造地狱。人所承载的一切——困难、失败、顺利，似乎是天经地义、与生俱来。我的一位前线战友，大尉军衔，我们并肩作战一年半，因负重伤而残疾，当了炊事员，他对此说得更加直白："人，好比香肠。给他填进了什么，就在自己身上装着什么，一直到进棺材为止！"

明媚的初秋临近尾声，即将跨入九月。虽然依旧暖和，白天气温达到二十度，但明显感到季节正在变化，毫无疑问——这已经是秋天了。阳光虽然照射，可人们已经不像夏天那样躲到阴凉地方，而是宁愿在柔和的阳光下徜徉。微风和煦，天空青瓷般湛蓝。朵朵浮云的边缘像修剪过似的整齐，云朵不向高空飘动，好像天空上有看不见的天顶，浮云不可能攀登到那里。地上的杂草已经萎蔫、干枯，白桦树的树叶尽管还没有完全变黄，已大批大批地脱落。林中的小湖水面更加深蓝，冷冰冰的，使人感觉湖水像结了冰。湖面覆盖着金黄色的落叶。眼看，大雁即将在头顶上飞驰而过，发出凄婉的叫声告别家乡，担惊受怕地飞向陌生地方。它们不改变亘古以来的路线，只是在城市上空尽可能地飞得更高一些。

在乡村劳动、在农田干活，到大自然中去，这将是对人的奖赏：悠然自得地呼吸新鲜空气、闻各种杂草清香、做农活，这对健康非常有益，到了该这样做的时刻了。很多人都这样说，但不知为什么却依然留恋城市生活：在城市可以工作也可以不工作，并不担心不干活就没有粮食。而农民们种植粮食则很辛苦，披星戴月，从不休息，好像自愿服苦役一般。因为他们饲养的牲畜不懂得这些，每天都必须吃草、喝水、被照料。

耕地人愿意看到田地上没有障碍物，自然景观爱好者希望观赏更多绿色，建筑师喜欢平整的工地。可任何人都没有问过居民们想要什么。看，挖土机无情地掘开地面，毁坏大地的面容，在光秃秃的土地上灰尘四起，盖起孤零零的房屋，继而出现了村庄。在这里，为了再现绿色，栽种乔木、灌木，则至少需要四分之一个世纪。人，度过一年——就是他生命的一个阶梯，他不可能如此长久地等到这样的美好时刻。为了修建大铁路，砍掉了各种林木、树丛，铺上大块大块的卵石，盖起住宅——住上新家吧！而这里，曾是美丽的白桦树林，足以让人们快乐生活半个世纪的地方。

山崩形成的乱石堆能够让人体验到真正的——常言所说的——死一般的寂静。我独自一人在朱格朱尔山脉的巅峰，面对一座尖顶的山时曾体会到这一点。山坐落在深深的、狭窄的峡谷后面，山的尖顶高出朱格朱尔山脊，我仿佛位于山脚之下。山峰上尚未完全解冻的积雪在裂隙中泛出白色，像是白云覆盖、酷似乌兹别克男人头上的包头。下起蒙蒙细雨，山脊泛出漆黑色，山脚下沿着峡谷远处乌云滚滚。山顶变得黑暗起来。此刻，如此寂静，就连微弱的雨滴声都好像是雷鸣。

使用尖锐的刀或者凿子剖开白桦枯干的树根时，从里面散发出甜味：春天白桦树汁、树皮的香气、开水浸泡过的桦树条的气味。很想把脸贴向砍出的缝隙边缘，那里如此光滑、细嫩！树木——我的最爱、我的喜好。树木飘散出香气，和我们永远在一起，从出生到死亡。我的精神寄托——还有石头，不过是加工后的石头，经过极有耐性的人的双手打磨出来的石头。我特别喜欢我们这里河畔生长的成熟柳树，叫作爆竹柳。柳树生长得蓬勃、奔放，不被生存空间束缚，仿佛劳累后的人们那样随意舒展身体尽情休息。河畔的柳树看上去像神秘莫测的游牧人帐篷上的绿色圆锥形篷顶。树木之间的青草犹如波涛起伏荡漾，我童年时的记忆就是如此……

从星期一开始是谢肉节。这个节日的必备食品是谢肉节薄饼，如同复活节家家都要烤圆柱形大甜面包一样。薄饼是使万物生机盎然的太阳和人们身体健康的象征，祈求所有的人面孔红润、丰满。周末是四旬斋前最后一个星期日——向长辈和自己祈求宽恕，希望所受到的委屈得以体谅。当时正值农忙时节，田间劳动需要和谐，千万不要让往日积怨影响农活……

梦想也像其他物质或精神遗产——传统、习俗、礼仪一样，代代相传。记得我父亲在机务段当钳工，整天被烟熏火燎满脸黑乎乎的，有时候他说："我这样敲敲打打直到退休，然后在因河河畔找一个什么窑洞住下，像阿福己亚那样钓钓鱼，多好啊！"阿福尼亚是一位孤苦伶仃的老人，不知靠什么生活，只是有时到村镇去买面包。父亲的梦想没有实现。环境、命运驱使他在城市狭窄的住宅度过一生。

我也不止一次有过在森林中找个简易小木屋住下的念头，摆脱操心事，欣赏大自然，从事喜爱的绘画和木雕，而晚上生起火炉，望着火焰，陈年往事一一再现。然而，梦想没有实现。
如今，轮到我儿子——他已经五十多岁了。他常常念叨：希望在河畔修一个窑洞，里面不是生火炉而是像那乃人那样在自己的房子里垒砌一铺能够睡觉的火炕。

人们的年龄在增长，生命在递减，渴望接近大自然、旷野、独来独往，住在小木屋，附近有菜畦、蜂房，至少养一只长着聪明眼睛、善解人意的山羊。然而生活不允许这样，把人们赶到拥挤的地方，扎堆过日子，因为人天生就属于群居动物，无法逃避这一点。那么梦想呢？为什么不能实现呢？

金钱不可以白白放着，应该投入周转，使其增值，否则他们将会落入其他人手里。人——自然界的主宰，屈服于金钱的威力，成为金钱的奴隶，丧失自己本色。掌握大量金钱，变成过着纸醉金迷生活的人。难道人是为此而降生的吗？

从前断定——酗酒是资本主义残余。而今却说酗酒使人们丧失对未来生活前景的展望。如果，人把发财致富作为目的，他不会把钱挥霍在酗酒上。那么，对于失业者或是几个月没有拿到工资的人有什么生活前景可展望呢？

人的天性是永不满足：越多越好。发财致富的过程本身不可能缩小这种卑鄙的愿望。于是开始出现后退、倒闭、破产。整体的宣传工具不是提倡理智的生活方式，而是号召人们贪婪、发财：尽快发财致富吧！抓住机会吧！大胆地去干吧！为什么？是为了某种崇高目的吗？然而，理智在沉默，于是人们不惜一切代价去追逐虚幻的幸福。尽管大家都知道幸福不在财富之中……

涅克拉索夫向瓦涅奇卡讲述怎样强迫大批平民百姓去修建铁路时，说："世界上有一个主宰，他残酷无情，名字叫作'饥饿'。"在我们的时代也有另外一个同样残酷无情、毫无慈悲之心的主宰——金钱。全人类都置于金钱的操控之下。这使人们丧失了怜悯、同情心、善良的愿望、人与人之间的手足之情。流行的说法："人和人的关系变成了狼一般残酷，人不再具有人的本性，而退化为吃人的野兽，金钱的奴隶。"人的一切企图最后都归结在钱上面，钱，还是钱！为什么？——谁都不想解释，大家都在沉默。也许，目的如此卑鄙羞于开口吗？需要大批金钱是为了提升自己的身价，获得主宰他人命运的权力。提出问题：能够主宰他人的命运吗？他人的命运能够任意主宰吗？！

"我沉湎于自己的爱好，迎合任意的苛求，这是我的不幸，也许，是我最大的乐趣。"画家毕加索曾这样评说自己。然而在关于他的评论和回忆的文章中却有另外的观点：他发誓破坏艺术。我认为当他的早期作品《小女孩》和《滑稽仆人》没有获得广泛认可时，他感到嫉妒并决定用丑代替美。在破坏艺术中获得了比在创造艺术中更大的成就。社会本身也经历过病态、痛苦的危机，社会渴望新发现，于是毕加索给他们送来了这个方法。我凝视他的肖像，他的眼睛流露出异样的眼神，我看到愤怒的目光，破坏者凶恶的能量。遗憾的是：大自然赋予破坏者这样凶恶的能量，在通向目标的道路上不可遏制地清除一切障碍。

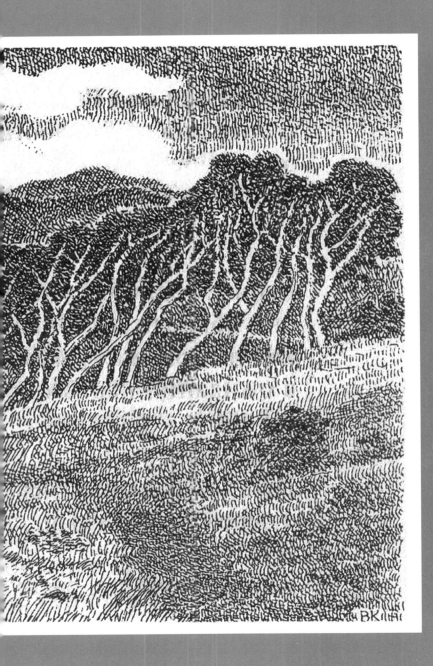

诺亚方舟

阿穆尔河河口湾真的寂静吗

阿穆尔河河口湾有南、北两条河道，木材运输船和海—河两用型自动驳船沿着河道从这一浮标向另一浮标小心翼翼地航行。快艇按照驾驶员的方位标在水草丛生的浅滩中间曲折行驶。很快，半个小时或再多一点时间我们穿越了宽阔的河湾，登上了峭壁重叠的岸。高原，在由于风向一面吹导致树枝向一侧伸展的白桦树林中间，在花楸树和变黄了的高棵杂草中间，有一个被人们废弃的村庄，那里已是房倒屋塌，窗户和房门——黑洞洞的窟窿，正以责备的目光望着河口湾方向。村庄被草丛和林木包围着。

在陡峭的岬角后面有一个特别舒适的深水湾。岸上，白桦树金灿灿的树叶，花楸果饱满的红色果实惹人喜爱。岩石之间篝火冒出缕缕青烟，篝火旁两个渔夫无拘无束地躺着，两只小船随意地停靠在岸边。在平静的河面上漂浮着一连串的浮标，标明下网的地方。在我们走近时，浮标动荡，鱼进了渔网。甚至瞥一眼就能确定网里有十条至十五条大马哈鱼，它们刚刚落网。强壮有力的大马哈鱼进入渔网或者吸入空气后立刻开始睡觉，而鲶鱼和鲫鱼则不这样。

渔网附近有几只环斑海豹，这些海里的动物跟随大马哈鱼群游到河口湾进入阿穆尔河，甚至潜入更远的地方。海豹的头和身体都是圆的，体内充满脂肪，它们像皮囊一样垂直沉入水下。河面上露出海豹圆圆的脑袋，黑色的眼睛闪出好奇的眼神。文献记载："阿穆尔河从河口到马尔梅日村的水域都出现过海豹。不过这很少见，海豹通常不游出河口湾，而是在大马哈鱼前往阿穆尔河遥远的上游之前，海豹在渔网周围游来游去。"

尾随大马哈鱼群进入河口湾的大型海洋动物还有白鲸。白鲸——大马哈鱼的疯狂爱好者，鱼游到哪里它就跟到哪里。我们在篝火旁坐下，两位渔夫请我们吃烤鱼、鱼子、喝茶，听他们讲过去的故事，从前不仅能够捕到大马哈鱼，还能够捕到大鲟鱼。阿斯特拉罕州渔民的后代，现居住在河口湾对岸的阿列耶夫卡村，夏天乘坐带有风帆的独木舟捕鱼，冬天，借助于马，从冰窟窿里往上捞鱼，都是很大的鲟鱼。这种作业有生命危险。他们被称作"河上猎熊人"。现在只能凭许可证捕捞大鲟鱼。每条鱼都仔细地过秤，一克都不能差。冷冻时用白色粗麻布包好，鼻子上系着关于此鱼详细资料的号牌，它们躺在冰库里很像穿着白色殓衣的死者。这些冷冻大鲟鱼正等待着被运往莫斯科或者彼得格勒，为那里的某个豪华节日宴会增添一道美味佳肴。

大自然万籁俱寂，太阳的光辉和碧蓝天空倒映在河面上，河岸的轮廓在光滑如镜的水面清晰可见。平静的河面被大马哈鱼的尖锐鱼鳍刺破，海豹黑色的头东张西望仿佛在警戒。远离海岸的河水由于阵风吹拂而变得湛蓝。隐约能够看到的拜杜科夫岛上空乌云密集。周围悄然无声，没有浪涛拍岸的声音。篝火的烟柱上升，在花楸树结满果实的树枝上缭绕。

"周围出奇的寂静。"吃饱喝足以后困倦无力的作家格列布说，"简直难以置信。"

年岁稍大的渔夫　外貌很像著名作家肖洛霍夫，他原本真是哥萨克的后代，很久很久以前命运之神把他安排到这个边远地方，他笑着说：

"——寂静……你们到村里去，那里有从莫斯科来的科学家们用仪器录制的阿穆尔河水下的声音，你们听一听吧！"

我们对此很感兴趣。决定登上高原，一级级地向上攀登，最终在我们眼前展开一幅全景：在被风吹得树干弯曲的白桦树后面，依稀可见远方的群山，层峦叠嶂，一片瓦蓝，交相辉映的天空同样瓦蓝、宽阔，一望无际的河口湾也泛出淡蓝色，浅沙滩上的草开始变黄。在高坡上曾坐落过村庄，有一些房屋还留下火炉、烟筒，拱形木板竖顶，房屋已经下沉。花楸树和稠李树表明这里曾是栅栏围着的房前小花园。村庄淹没在高高的杂草丛中，有一条勉强看得出的小道可以通行。在荒芜的菜园旁立着干草垛。若是从前的主人看到自己宅院如此凄凉，可能心疼得缩成一团。人们选择了这个美丽的地方居住，由于各种原因废弃了村庄。我感到自己好像站在乡村墓地上用毫无意义的语言打破宁静，这是亵渎神明的行为。甚至在海岸边、在俄罗斯疆土的最边缘人们也不能安定地生活。

有一个小屋没有门，窗户用木板条钉着，这里有人住，门前点燃着篝火。

墙上挂着船桨、整套渔具。三位年轻人接待了我们，其中最大的也只不过三十岁左右，他富有魅力，蓄着时髦、讲究的大胡须，海魂衫紧紧地贴在身上，宽大的肩膀和高高的胸脯格外明显。另外两位瘦削，没留胡子。他们是莫斯科海洋研究所的科研人员，夏天在这里观察白鲸和海豹的活动。做这项工作他们甚至不用到河岸去：站在门前的台阶上，广阔的河口湾尽收眼底。峭壁重叠的河岸下面河水很深，这特别适合他们的要求。他们观察记录下动物出现的时间，安装在河底的水下听音器记录下声音。根据对比可以准确无误地知道动物在做什么。

我们请求打开磁带录音机，大胡子连问都没有问就立刻打开：一连几个月他们接待的人多了，都是同样的目的。听到的声音：尖叫、啼叫、嘎吱、噼啪、鸣笛声、口哨声，还有像手拍打震动膜的声音……

"这是白鲸的啼啭声吧？"我问，"把白鲸叫作'海洋金丝鸟'，不是无缘无故的，对吧？"

"是的，是白鲸。观察者记录下每一种叫声符合相应的信号——啼叫是集体猎鱼前互相通知的信号。海豹也有类似的啼叫……"

"这是鱼的声音……"

我们听完了录音带。感觉寂静，其实在水底，在阿穆尔河深处，也像人声嘈杂的大街一样，充满各种各样的声音。水下有自己的生活，现在也没有沉默。我们大胆地提了一个无知的问题："记录这些声音的用途是什么？"

在知道每一个信号的意义之后，将可以在某种程度上操控动物的行为，为科研工作开辟了极大的可能性……

人试图理解动物水下生活的声音、研究动物简单的语言，以便和他们接触……

快艇在等待我们，尽管我们很想在这个被废弃的村庄再逗留几天，在周围走一走、看一看。不知为什么，我相信：人们只是临时离开，他们将会返回家园，那时候，生活将遵循另外的轨道——人将在生活中占主宰地位。

阿穆尔河沿岸变幻无常的气候

我以极大的兴趣关注报纸上刊登的关于气候的文章，作者试图把我们边疆区的天气现象系统化并找出气候变化的节律。文章的作者们竭力把自己的结论硬塞到俄国若干世纪对气候观察结果的普洛克洛斯忒斯的床上（希腊神话中同名强盗的床，长于床的人被他砍足，短于床的人被他拉长而死。——译者注），意思是：削足适履，迫使就范。古代把一年中的各宗教节日、众多圣徒的纪念日规定为节日，可谓约定俗成，可以理解，大多数农民没有印刷的日历。民间有些善于观察的人，他们把这些节日和农耕活动中个人和集体的经验结合起来，长期积累并在实践中得到验证，对未来做出某些预测，编成俗语，例如，雷击秃树，必然歉收。

但是远东与俄罗斯中部地区相距遥远，人们从中部迁移到阿穆尔河沿岸地区，步行或乘马拉大车需要三年时间。俄罗斯腹地的气候明显是受波罗的海和白海的影响，那里是广袤的平原，没有山脉，会阻隔湿润的海洋大气团流向那里。鲜明的特征：春天桃花汛期河水泛滥，夏天没有水灾。

阿穆尔河沿岸地区重峦叠嶂，海洋湿润的大气团只有沿阿穆尔河河谷作为入口，穿越锡霍特山脉流入我们所在的地区，从南部流入的还有连绵的季雨，有时还在亚热带海域增强风力后破坏性很大的台风。让我们回忆一下阿穆尔河沿岸地区最早的居民对当地气候的评价。穆拉维约夫总督问他们生活得怎么样，他们的回答是："很坏！""为什么？""脚下是水，头上是水！"就是说：脚下的田地和草场被水淹没，季雨连续不停，严重地影响他们收割庄稼和割草。

我确信现在会是另一种答案。物候学家们根据天气变化的表面特征、气象台的资料得出自己的结论，力图证明：降水总量仍然保持，阿穆尔河沿岸地区的气候没有明显变化。现在是六月，根据天气预报将有少量降水，似乎与以往的资料相符，可是，水在哪里呢？连续多年五月份森林大火大面积燃烧，利托夫科村化为灰烬。五月份在其他地方森林火灾也层出不穷。

只有过度干旱才可能导致毁灭性的火灾。

六月，好像不再是植物生长期了——田地里的玉米、大豆停止生长直至七月下雨之前，因为缺少植物正常发育的水分，甚至草场上生命力顽强的冰草都难以生长。割草的人们没有什么能够割的，草也不长高。然而苦艾、苔草、刺实等各种杂草却长得很高，它们影响大豆、玉米的生长。阿穆尔河沿岸地区的气候到底有没有变化呢？当然有，而且相当明显。我的经验远比从十九世纪中期我们积累的资料少很多。哪怕我的经验肤浅，可读者从中能够引起共鸣。一九三〇年报纸上刊登了一篇关于演员们到阿穆尔河边境哨所演出的报道，文章中描述：应该用鲜花欢迎演员们，可是哪里有那么多的鲜花呢？哨所长官对一个战士说："午饭以前必须找到鲜花！""我上哪里去找啊？""随便去哪里，执行任务！"那位战士赶着双轮马车到沼泽地去，在那里割了整整一马车蓝百合——燕子花，演员们特别兴奋：在通往哨所的路上洒满蓝色的百合花，像泼了紫墨水一样……

如今再到那里去，那些花和草怎么不见了？冰草因缺乏水分已经无法生长。一九三二年我曾在土壤改良工作站工作，我们对沼泽地进行地形测量，为了将来排干沼泽地的水分做准备。整个夏天泡在水里，胶皮靴子里面全是水。现在那里的溪谷边缘开始干涸。在洼地和沼泽地的蓝百合花已经不见了，生长着黄百合——萱草。

难道植物的更替不说明什么问题吗？持续两三个昼夜的季雨到哪里去了？没人可答。气象部门缄默不语，仿佛什么事情都没有发生过似的。钓鱼的爱好者们，请你们回想一下：从前挖到蚯蚓是问题吗？在树根旁边的阴凉地方用铁锹挖一下——红色的、黑色的蚯蚓想要多少就有多少。现在您试着给我找一找看看，根本没有。土壤里的生物被化肥毒害。十五年前在报纸上读了一篇土壤学家的文章，他抱怨说：从前一平方米的土壤里可以找到四百多条蚯蚓，现在连一半都没有，要知道蚯蚓有助于提高农田作物的收成。不过这一切都已成为往事！

农田里土壤变得贫瘠的原因是：各种灭草剂、除莠剂，那么谁也没有在河岸上使用这些化学药剂啊！原因——干旱，尤其是春夏干旱期。如今在远离城市的乡村傍晚能够听到青蛙和谐的大合唱吗？！天气刚一转暖青蛙从冬季藏身地来到有水的地方，深灰色而不是绿色，萎靡不振的样子。从前在院子里飞来飞去的美丽蜻蜓早已不见身影。田野里你再也看不到甲虫了。只有在针叶树林偶尔能够见到天牛。

为什么不注意大自然中的变化呢？要知道物候学——研究气候、天气变化与植物、动物世界之间的关系的综合性学科，他们的结论对于人——有理性的生物——难以接受：文明飞速向前发展，越过山和谷、海和洋，但是随之而来的出现大面积荒漠，被烧毁、被掠夺、变得贫瘠的土地，这不良后果无人问津。

不要像古代人那样安慰自己：只要在六月之前播种完，你就等待上帝安排吧！我们很多年致力于把沼泽地的水排干，这是有益处的事业，目前应该考虑灌溉工作：浇灌农田、草场、各家别墅的菜园，如果干旱时期杂草丛生，还能够指望田地里有什么好收成吗？

六月，干旱、无雨、森林大火，并非个别灾难，而是年年处处都发生的事，应该承认并宣布六月是火灾高发危险月。任何人都应该警惕，不要抱有幻想。

干旱对阿穆尔河的影响无比严重，河水变浅，阿穆尔河下游的支流被泥沙、污染物堵塞，阻碍鱼群进入产卵地。必须治理阿穆尔河，清理河岸上的废旧金属：废弃的破船、钢索。在农田、河畔、水库旁建立防护林带，使河水减少污染变得清洁。栽种多样树种，白杨和河柳都很容易栽种——只要把树的细枝插到湿土里就能立刻成活。对于年轻人来说这简直不是劳动而是游戏，不过得有人组织他们才行啊！

感谢上帝，我们各种节日很多，有足够的时间做公益事业，顺便说一下，植树是生态教育最好的学校。也许，人们将不会轻率地把什么东西都随手烧毁！

白鲸——海洋金丝鸟

习惯经常外出的人很难坐在写字台旁潜心创作。长途旅行结束还不到一个月似乎已经长达一个世纪了，必须赶快出去走一走。报纸上一条短消息提示我此次外出路线，消息称：在图古尔河河口出乎意料地出现了大量白鲸，村民们兴高采烈，心想：是否到了恢复终止已久的捕猎白鲸的时机了！

上路不需要很长时间，我乘坐小型飞机到了从前多次旅游过的丘米坎，从那里到图古尔——近在咫尺！

白鲸属于鲸目海洋动物，与黑海的宽吻海豚同科。在俄罗斯下列水域适宜白鲸生存：在喀拉海的鄂毕湾、白令海的阿纳德尔湾、鄂霍次克海的品仁纳湾和萨哈林岛的乌达湾以及阿穆尔河河口湾。白鲸和其他鲸鱼一样不能够长时间待在水下，每隔十分钟必须浮出水面呼吸，因此当冰层融化时白鲸就在它们生存的水域出现。白鲸头上有一块坚硬的凸起部分，可以顶破河面上的薄冰，当河面封冻时白鲸就游向海洋。看来，在那里它们不再成群聚在一起，我没有读过冬季白鲸成群出现的资料。

白鲸也和其他鲸鱼一样头上有一个呼吸孔，浮出水面时，白鲸通过这个孔喷出空气和水，从远处都能够看见，并传出咝咝声、吱吱声。加拿大的捕鲸者把白鲸叫作"海洋金丝鸟"。白鲸与宽吻海豚的区别在于：白鲸身上覆盖稀疏的硬毛和很厚的皮下脂肪。我们的海，无论白令海，还是鄂霍次克海在水温方面都远不如黑海，白鲸必须防冻。

研究远东问题的科学家、俄国博物学家米登多夫（1815—1894）观察十九世纪乌达湾的白鲸活动，此前白鲸群从未被触动过。鄂霍次克海的职业捕鲸手们用鱼镖炮弹射击大的鲸鱼，而白鲸——小鱼而已。

"……白白等了十天，"米登多夫在日记中写道，"终于七月十二日清晨出现了十头至十五头白鲸的鱼群。紧接着一群又一群，其中数量不等，有的甚至达三十头。利用海水涨潮白鲸成群向西方游了整整六个小时，距离岸边很近，我们的人为了取乐向鱼群投掷石块儿……从我们面前游过的白鲸至少有一千头，实际上可能超过该数字的一倍。退潮时整个鱼群再返回东方。白鲸大部分为纯白色，少数铅灰色或苹果花颜色。幼鲸的颜色为铅灰色或石板灰色……"

不足为奇的是：专家们说不出白鲸的准确数，因为白鲸前进时不断地把头浮出水面以便呼吸，有时微风吹过，水面上泛起层层涟漪难以看清。况且白鲸在游动时一个紧跟一个鱼贯而行，这样节省力气，而幼鲸躲藏在母鲸的鳍下，整个大动物群会合成一个很长的、弯弯曲曲的庞大躯体。

二十世纪二十年代末，允许捕猎白鲸：白鲸的脂肪用于制作儿童和成年人的保健药物，白鲸皮用于制作工厂机器的传送带。不过只有在漫长的国内战争和世界大战后，捕鲸业才开始复兴。

在品仁纳湾、鄂霍次克海、丘米坎、图古尔、萨哈林和阿穆尔河河口湾开展了捕鲸业。白鲸皮运到基地进行腌制或者直接送到炼油厂……

从前捕猎白鲸使用的是祖辈们的原始方法：用鱼镖炮射击浮出水面的白鲸，被击中的立刻沉没，等到海浪把白鲸的尸体抛到岸上时，已经腐烂到毫无用处了。这种方法很不明智。白鲸属大型动物，平均体长四米至五米，体重达一吨。为了捕猎白鲸专门用结实的绳子编织网眼较大的长形网，结实可靠，不能让落网的白鲸冲破逃掉。岸上高处设有瞭望台，发现游动的鱼群赶快开船抛下渔网，逼迫鱼群向岸边靠拢。当然大部分白鲸迅速跑掉，有的会潜到网下或网的周围，不过在收网之前总有一部分白鲸会被捕获……捕猎的最佳时间是退潮的时候：白鲸处于无水、无助的困难时刻。在图古尔湾和丘米坎湾退潮的时间很长。

在丘米坎我已经耐心地等了三天，盼望有去图古尔的船。当我知道从图古尔将有一艘汽艇要来后高兴极了，可又怕不让我上船。船长——个子不高的年轻人，三十岁左右，穿着整洁的蓝色制服，戴着白色制帽。我简单地做了自我介绍，说明了此行目的。他沉默片刻，最后同意我搭船到图古尔。

图古尔河左岸卢姆坎山耸立，山巅与河面几乎成垂直状态，非常陡峭。山后浅谷上有一个村庄。

汽艇上有船长和船员、捕鲸者们。汽艇沿河湾航行，船长用望远镜观察蓝天和骄阳照射的广阔河面，根据河面泛起的浪花和呼吸孔喷水判断白鲸就在附近。在没有发现汽艇前，白鲸距离河岸很近，几乎成群结队游动，当汽艇改变航向向鱼群行驶时，白鲸便发现了捕鲸者们，于是加快速度，排成一列，凭借鳍和尾协同划水，游得很快。眼看着鱼群游过河湾的浅水处潜入到深水的地方了。

船长向驾驶员大声喊："全速前进！"驾驶员从机舱探出上身做出手势："已达全速！"很明显，连我都看明白了：用网是不可能阻止鲸群了。白鲸潜到水下无法捕猎已成定局。船长抱怨说："错过了时机，马虎大意了，渔网没有派上用场。早一点来就好了，那时候鲸群挤在河湾，冰层把白鲸推向这里，机会失去了！""怎么不早一点出来？"船长回答说："三十年没有捕猎，渔网破成碎片，不得不织补，一个窟窿挨着一个窟窿地修补……"

天黑之前汽艇走遍了河湾，再也没有找到白鲸，不管是已看到的那一群，还是新出现的。不过我很满意，近距离地看着白鲸群游动，仔细目睹白鲸：白鲸一头紧跟一头连成长长的白色躯体，在水里像蛇一样蜿蜒前行。它们的数量的确不好确定，船长肯定地说十五头，也许还多一些……

把汽艇停靠后我们在河湾过夜。清晨我恍然大悟，原来前面就是陡峭的卢姆坎山，到图古尔有三公里的平坦沙滩。河湾退潮，船员和捕鲸者们决定到村庄去，等到涨潮时再回来。"应该去。"船长说，"那个村子里有的人家会制作家酿啤酒，喝个痛快！不然脑袋昏昏沉沉的。"

我没有回到汽艇。他们已不再试图寻找白鲸，恢复捕猎已不可能。我不禁想到海豚：它们的智慧、接受训练的天赋、营救溺水人员这样难以理解的行为。白鲸和海豚同族。对待海豚则是寻找各种方法训练它们，与其接触，而对待白鲸却是剥皮和取其脂肪。让白鲸安静地生活吧！

不过白鲸也开始变得谨慎了，不像从前靠岸那么近，扔石块都能够打到。现在白鲸离海岸较远，笨重、劣质的渔网无法捕猎。不过人们不会让白鲸安宁，他们会找到新的方法，只是时间问题。

也许停止捕猎白鲸，将恢复大海的真正意义：繁殖更多鱼类和海洋动物。振纸上报道："在康斯坦丁湾看到了鲸，这意味着：鲸并没有完全灭绝。再看，在阿穆尔河河口湾重新出现白鲸……当然如果人们不再污染江河湖海，不再向那里倾倒垃圾——这不仅造福于鱼类和海洋动物，也造福于人类自己……"

陌生的光亮

黄昏，太阳落到灰蒙蒙的雾霭中。我们边疆区被干旱和森林大火笼罩已经两个月了。毫无光泽的太阳像火球一样挂在天空，茫然地望着大地，而且太阳还不经常露面。我们家院子里有一个凉亭，里面有桌子，两旁各放一把长椅，木板顶棚上缠满了葡萄藤和五味子藤——我把这看作是房前小花园，其中百合花盛开。我左看右看，还是没有拿起画笔写生，因为光线较暗。白天百合花的颜色近似红黄色，花呈漏斗形，花瓣上带有褐色小斑点。黄昏时候花的颜色变成胭脂红色，周围的绿叶显得单调模糊，百合花的轮廓也不太清晰，像是许多深红的斑点。整整一天它们吸足了阳光，现在把它释放出来。我观察到黄花菜也类似，夕阳西下，太阳继续散发光辉，此时黄花菜变得特别鲜艳，花瓣的轮廓格外清晰。不同的是：百合花仿佛吸足红色的光芒后，再把光分散给相邻的植物。

光的这种生物学特性不仅存在于植物中，也存在于动物中，比如萤火虫。它们是黑颜色，能够吸收更多阳光，黑暗时把光芒放射出去。有谁在七月温馨的黑夜没有看见过如入仙境的场景：萤火虫飞来飞去，闪耀出蓝色的光点，时而熄灭、时而燃亮，在夜空中密密麻麻地飞着。

在日本海的海面辉光是因为布满浮游生物！仿佛溅到你脸上的不是海水而是液体白银。作家阿尔谢尼耶夫（1872—1930）在鞑靼海峡北部夜间乘船沿海岸航行时，也看到过这种景色。

在莽林中腐烂的湿草在温暖的夜里发光——泛出磷光，好像篝火没有烧尽的炭火……

除了自然的光芒、辉光、火花等以外，还有人为的、暴力造成的。我怎么也忘不掉半个世纪以前在战争中发生的一件事。我们正在进攻。十一月，寒气袭人，大地结冻，浓雾笼罩。从昏暗的地方飞来萤火虫般的子弹，噼啪噼啪打在地上，有的火花在地上熄灭，有的飞上天空。这是希特勒法西斯军队从远处对我们进行的机枪扫射，有计划的，每隔两三分钟一次，对现有战壕进行重武器打击。掩蔽部附近炸弹爆炸，地上沙土飞扬。一天以前从德国兵那里夺回了这个掩蔽部，它是用四层原木搭成的，很牢固，但也经不住炮弹轰炸。不管怎么说还是掩体，幸存的士兵和军官们挤在里面，可谓水泄不通。人们都困得要死，甚至大炮轰鸣也震不醒他们。营长坐在小桌旁睡着了，头伏在桌上，桌上放着一盏小油灯，一部电话机。通信兵一边调节着灯光，一边低声絮叨："伏尔加，伏尔加，我是顿河！听见了吗？"掩蔽部里充满烟味、湿大衣散发出的霉味、汗味，闷热，不过这也比在寒冷、潮湿的战壕里好许多。

我也很想睡觉，不行！必须密切警戒侦察兵们返回：万一突然需要炮火掩护或者其他援助呢？万一他们之中有人受伤了……要时不时地走出战壕向黑暗的地方瞭望，听一听是否有异常的声音。时间过得很慢，一分钟、一秒钟慢慢地爬着。猛然，再一次飞来炮弹，非常之快，赶快卧倒！我原地趴下，双手抱头。大地震颤、炮声轰隆、硝烟弥漫。"过去了！还活着……"我浑身哆嗦，勉强站起来向周围看了看：五米远的地方炸出一个大弹坑，击中了战壕，战壕边缘被炸得粉碎，闪着火光。大地在燃烧。不知道炮弹里装的是什么炸药。突然我看见被掀翻的土里有一只手，手上的火光依然在燃烧。死者是什么人？是我们的哨兵，还是前一天被打死的希特勒法西斯士兵？我感到恐惧。愿上帝保佑，不要让人们再看到这样的"火光"！

在我们的时代，人们绽放出另外一种光芒——知识。高度精练的思想——能量。有一些人像萤火虫一样把知识传授给他人，有一些人——像平凡的小草一样默默地关心工作、温饱、家庭……

胡萝卜像人参只是巧合

在农家菜园子里长出一棵奇怪的胡萝卜，外形和人参一模一样：脖颈、躯干、四肢——手和脚，甚至还有阴茎。不同的是：人参的根喜欢干爽，生长期很长、很慢，要二十多年，每年生长二克至三克，而胡萝卜一个夏天就成熟了。人参的躯干是白色的，外皮如同香菜根那样浅黄色，带有斑点，有一股新鲜蘑菇的气味。而胡萝卜是浅粉色，躯干滚圆、身体肥胖，像苏联画家库斯托季耶夫（1878—1927）的名画《商人之妻》中的主人公，画家以莫斯科一位女演员作为模特画出的体态丰腴的美女。著名画家鲁本斯（1577—1640）如果目睹这位女模特，也会羡慕不已！据说：一个修道士看了《商人之妻》这幅画心生邪念，只好向上帝祈求宽恕……

这家的曾孙女卡佳——黑脸蛋儿、黑眼睛的机灵女孩儿，把这棵胡萝卜从菜园子里拔了出来，她说："曾祖母把这棵胡萝卜从一个地方移栽到另一个地方，所以它才长得这么肥胖。"我则认为大自然有时是在开玩笑，突然把普普通通的胡萝卜外形硬是变成能够让人起死回生的神药——人参，然而胡萝卜并不具备人参的性能。自然界也不仅仅只和蔬菜开玩笑……

我记得二十世纪三十年代在斯维尔德洛夫斯克市学习美术期间，在大街上经常遇到一位相貌酷似俄国伟大诗人普希金的男子，他知道凡是从他身边走过的人，没有不回头看他的，因此他刻意保持普希金的发型、胡须。在阿穆尔河下游，我碰到一位渔夫，他是位退休男子，他的身材、相貌、花白头发和胡须，很像苏联作家肖洛霍夫，再说他原本真的是哥萨克，很久很久以前命运之神把他从顿河抛到地球上俄罗斯的另一端。只能说：这一切——都是巧合！

迅速成长的蕨菜

春天，大地刚刚从睡梦中苏醒，树木的枯枝光秃秃的。但树根的汁液却源源不断地流向树枝，滋润未来长成树叶的嫩芽尽快绽放。人们能明显感受到春天的潜能。就连脚下踩的腐烂发霉的树叶的味道也和秋天不同。这片熟悉的森林依然像去年十一月那样光秃秃的，覆盖在地上的树叶加上一层积雪显得更厚，但却完全是另外一种心情。秋天，植物枯萎、凋谢的画面引起淡淡的哀愁，预感到寒冷和漫长的冬季时会情不自禁地恐惧，而此刻——万物复苏、春意盎然！

在一棵被太阳晒得暖烘烘、带有黑色凸纹树皮的老树旁边一只蜻蜓飞来飞去；一群黑色蚂蚁沿树皮不知爬向何方；沉睡在树叶下面的金黄色侧金盏花奋力钻出，露出笑脸；淹没道路的水洼里黑眼睛青蛙的卵正在晒太阳，卵的主人躲藏在一旁。白色藜芦用绿色的三角形叶子冲出草丛奔向太阳。在浅谷的向阳面上，椭圆形、长叶子的野山葱破土而出，这是春天第一个林中美味：鲜嫩、多汁、散发着大蒜的气味，从它旁边经过不可能不拔出几根一饱口福。

和野山葱生长的同时，也许早一两天，从铺满腐烂、枯萎落叶的大地上生长出褐色的茎叶，有弹性，茎的顶端叶子卷曲成球

蕨菜

状。外形不好看，被浓密的绒毛覆盖，难以分清是新长出的萌芽还是去年的杂草。但是，且慢，请不要转身离开：再过一天，阳光再暖和一些，这些褐色的茎叶立刻开放，变成宽宽的、花纹精致的大叶，它们一个紧挨一个，互相偎依向上生长，很像美丽的绿色花篮。每一片叶子——完美的艺术品，精致的花纹，轻盈透光，仿佛做工精细的针织花边儿，这是蕨菜。作为蕨类，人和牲畜一般都不吃。它随便生长，布满林地和林间空地。

看到蕨菜由羞涩地闭合到尽情地开放，我想起从前一位朋友的经历：一个青年想到我们的出版社来投稿，他很腼腆，鲜言寡语。他在大街上徘徊，长时间拿不定主意：进去还是不进去？上了出版社二楼，在走廊又站了一会儿，最终鼓起勇气进了编辑部。后来他讲述，他是工厂的电工，每天在落满灰尘、不停旋转的机器旁工作，刻板的流程驱使他改变人生——他把自己的第一篇文学稿件大胆地送给编辑们审阅。幸好他遇到了好心人，接待他的编辑人员都很善良，立刻认真阅读他的处女作。在一堆文学"糟粕"中他们发现了"精华"，就是在经验丰富的文学家中这种作品也不多见。他们认为：这个年轻人具有生活体验，语言生动、鲜活。在他的内心深处蕴藏着创作潜能——文学天赋。这位青年电工最终进入了文学殿堂，慢慢地树立了自己的地位，他就是作家弗拉基米尔·科列涅夫。

一个人在某个新的工作中起步顺利时，不要急于做出决定，要学会忍耐，等一等，慎重一些，让心灵更加充实，如果根基足够坚实、茁壮，那么，这个人将会像蕨菜那样，迅速成长，施展自己的才华！

喜欢猪油的山雀

　　一位善于观察的园艺家对我说了一些不喷洒化学农药消灭害虫保护果树的办法。在螟蛉大批繁殖时期，他在树枝上挂一些装有索拉油的小桶，油的味道能够驱走害虫。在苹果和梨的树枝绑上一些小小的猪油块儿，山雀特别喜欢猪油，在叼啄猪油的同时仔细寻找树枝上的美味，不放过任何一个幼虫。在我看来，山雀——最能干的鸟，从早到晚不停地忙碌，飞来飞去寻找食物，是最有益处的鸟。

　　当然，猪油作为特别有营养的食品，古往今来也是人们喜欢的美味，餐桌上摆一碟猪油——富裕、满足的象征。不同民族各有自己的口味：乌克兰人喜欢就着大葱吃猪油；白俄罗斯人用炼猪油剩下的油煎鸡蛋；拉脱维亚人和其他波罗的海沿岸的人偏爱腌制的猪油；俄罗斯主妇做午餐时必不可少的是猪油煎圆葱。我的老爸不止一次说过：往一个快要死的吉卜赛人的嘴唇上抹猪油，他立马活过来了。我自己的亲身经验是：到大森林去时必须带一块猪油。腌制的猪油热量高特别抗饿，体积却很小。如果树上挂着一大块儿猪油，我也会爬上去拿到美味，一小块儿——就留给小山雀吃吧！在炎热天气猪油可能对健康有害……

　　山雀喜欢猪油，早已尽人皆知。从前没有冰箱的时候，我们把猪油包在纸里面挂在玻璃窗外，那里风凉。山雀很快嗅到气味，开始叼破纸啄了啄，山雀不像老鼠，吃得很少，不损害食品，你隔着窗户看山雀很有意思：它不害怕人，山雀啊，你尽情地吃吧！而麻雀则立刻展翅高飞，山雀似乎知道：人们不伤害它。

山雀喜欢吃雪松果——松子。可是自己却啄不开，只好到熊或者野猪出没的地方，吃这些大动物剩下的松子。一个猎人在倒木上坐下休息，从大衣服口袋里掏出一个雪松果——山雀跑了过来，在他的脚边儿跳来跳去、叫着、祈求给它剥开的松子。

常言说："山雀眼力不差，专给自己挑好吃的。"这不公平，说得不对。这句话是指那些只索取而不付出的人，而山雀为了一点点、一小块儿食品在困难的冬天不得不付出百倍的力气，到处寻觅食物，为了山雀家族不被饿死。

狗鱼肚子里有把刀

我的好朋友，我把他看作饱经风霜、见多识广的人。他给我讲了有关狗鱼的故事。在阿穆尔河右岸，他在捷列吉诺村对面有一座别墅。在那里水封季节他不止一次钓到过狗鱼，通常钓到的还不是什么"小不点儿"，而是特别体面的大鱼，三四公斤重哩！

有一次，一位前线老战友到他这里来，他们曾出生入死共同战斗过，战争结束后各奔东西：我的朋友回到远东故乡小镇，而他的战友在鄂木斯克市担任军事委员，知名人士。他们之间仍保持联系，在老战士联欢会上有时见面。这一次老战友到哈巴罗夫斯克出差，看望我的朋友并在他家小住两天。公务不允许久留，他准备起程，临走时我的朋友对他说："安德烈，带上这一条狗鱼吧！飞到鄂木斯克之前鱼不会解冻，回去做鱼肉馅饺子，炸鱼肉肉饼。我们这里还能够吃到新鲜的鱼，你们那里更多的是吃羊肉和鸡肉，狗鱼并不多见啊！"这条鱼相当可观——足有四公斤重，特别新鲜，在雪里冷冻的。老战友提着大狗鱼走了。

一周以后老战友寄来一封信，写道："尼古拉，我的朋友，怎么回事？你知道在狗鱼的肚子里发现什么了？要知道，飞机场的安检人员一旦检查出来，我可就大难临头了！鱼肚子里有一把刀。当然是小刀，刀柄是彩色的。鱼肚子里有把刀——百思不解。难道是鱼自己吞进去的？"

我的朋友对我说："我从来就不喜欢这类花里胡哨的刀柄，最好是木头刀柄，虽然不好看，但是刀柄不滑，握在手里很可靠，不容易滑落下去，尤其是在寒冷天。不过狗鱼怎么能够吞进小刀，我不明白。可能，渔夫的刀落水还没有沉到水底时，狗鱼把它吞到肚子里了。阿穆尔河很深，不能立刻沉到河底。"

同一天，我的另一位饱经风霜、见多识广的朋友向我说了非常有意思的故事，他针对夹馅狗鱼的事谈了自己的看法："很难相信类似的说法。我在远东住了六十多年，捕捞过很多狗鱼、哲罗鱼、细鳞鱼。不止一次观察到狗鱼是怎样游到挂钓钩的鱼形金属片跟前的：在浅水的地方，如果趴在冰上或者躲藏在背阴地方，对水底的情况看得特别清楚。狗鱼不是一下子就接近鱼饵，而是先仔细地看，然后——咬住！——一瞬间，一动不动，好像尝一尝味道，再决定：吞下去还是吐出来。不过狗鱼已经来不及逃跑了，挂钓钩的鱼形金属片上的鱼钩在鱼的嘴里卡住了。是什么妨碍狗鱼没有把刀子吐出去呢？莫非是它喜欢彩色刀柄吗？……不错，我多次在报刊上读到过：某人钓到的狗鱼肚子里

诺
亚
方
舟

狗鱼

有一块表，还有落入水中的某些宝石，可是，从来没有听说狗鱼把刀吞进肚里的故事。因此难以置信……"

带有彩色刀柄的芬兰小刀我也有过一把。在前线我到少尉训练班培训前，一个战友送给我留作纪念的。我去两个月，在前线总感觉战争结束遥遥无期。三个月后我回到另一个团，那是一九四二年七月我们陷入包围之中。战友送的芬兰小刀对我帮助极大。在新的部队我没有朋友，独来独往。我们经常绕开城市，穿越森林和沼泽地执行任务。半个月后我们要到长满青苔的沼泽地——斯维特沼泽地去，在地图上标出难以通行的沼泽地。我带着地图，还有四名士兵和一名军需官。大家都饥肠辘辘，早晨终于到了自己人的驻地，在坚固的战壕前面士兵们在巡逻，他们穿着褪色的军便服，不知为什么没有系皮带。也许为了工作方便，也许是俘虏？他们虽然看到了我们，不问，也不喊，没有任何表示。此时我偶然看了一下地面，发现一些可疑的小土堆：眼前是地雷区！几个士兵立刻向后退，军需官也迅速倒退，他说："我生来没有和地雷打过交道，我什么都不会做！"显然，只有我，作为指挥员挺身而出：我向前去，砍下一根树枝削成长杆，把芬兰刀绑在长杆上，开始探测面前的土地是否埋有地雷。我想如果爆炸，也炸不死人，难道飞来的碎片会炸伤人吗？这样的防步兵地雷，重量二百克，放在胶合板的木箱里，如果爆炸只能炸伤脚或者手指。我向前走着，其他的人跟在我身后。我们来到战壕跟前，坐在土堆上气喘吁吁的。一个士兵走了过来，问："突围出来的？"——"是的！"——"有大道不走偏走小道，闯入雷区了，是吧？"——"是你没有发出警告！最好给一点儿什么吃的！"——"每夜都有几百名像你们这样路过的军人，怎么供得起啊！不过你的芬兰刀很漂亮，我用手表和你交换，行不行？"——"不行，这是朋友送的！"——"好啊！不换就不换。那么，你们到团部去，那里每天都有公共伙食，就在附近……"

这已成为陈年往事。战场上的伙伴有送刀子的、有送带有雕刻画的硬铝合金香烟盒的，都是最好的纪念品……那把芬兰刀，我没有保存好：在一次猛烈的射击中我匍匐前进，光滑的刀柄从革制的刀鞘滑落了。很久以后，已经是和平时期了，我的那位前线朋友送给我一个半圆形木凿，钢材特别好——削木头就像切水一样轻而易举。这个凿子至今保存着，这位朋友早已离世，我还活着，我沉痛地缅怀他和其他的逝者……

四百年的雪松果

阿穆尔河沿岸最好的季节莫过于深秋。森林中吸血的小飞虫安静了，阔叶和针叶从树上脱落了，杂草变成褐色倒伏在地，灌木光秃秃的。森林，无比洁静，无比宽敞！密林中高大的雪松格外显眼：淡紫色粗壮的树干、蓬松的绿色树冠。雪松在众多树木当中占主宰地位，是盛久不衰的巨人。如果，白桦——各种各样：白桦、黄桦、黑桦，最多生长一百五十年，那么雪松可活到四百年。

榛树丛变黄了的树叶被路过的人们的衣服碰得沙沙响。在落叶后的葡萄藤上密密麻麻吊着一串串沉甸甸、饱满多汁的葡萄，它们看得见、摸得到，无须寻找。不久前还很诱人的红色大叶经

雪松果

不住深秋的风霜而脱落，撒在地上。在五味子坚韧的藤上面粉红色的果实正在变红，散发出新鲜柠檬的味道。带刺的野蔷薇结出透明的果实：圆形的、长形的。弯曲多节、低矮的橡树哗啦哗啦地响着，它们春天之前不会落叶。白芷枯干的伞形花序还没有撒下种子。在橡树下遍地橡实——橡子。褐色的橡子已经裂开，露出未来萌芽粉色的核，如果不被野猪和马鹿吃掉，明年春天将会发芽生长。蕨菜美丽花纹的宽大叶子覆盖大地。晚秋的蘑菇——变形牛肝菌过于成熟的褐色蘑菇伞把整个蘑菇压得东倒西歪。在粗壮多枝的落叶松树下针叶满地。动作敏捷的山雀和鸸鸟在老树的树皮中寻找昆虫。松鸦的鸣叫和啄木鸟啄木的嗒嗒声打破了森林漫长冬眠之前的寂寥。

这里使人神清气爽——空气新鲜、阳光灿烂但不炎热，透过树枝编织的网照射大地，初寒淡淡的凉意、枯萎杂草散发的浓郁气味、森林中的泉源清冽。大地铺满厚厚的一层树叶，走在上面很有弹性，靴子底踩在上面的一刹那发出唰唰响声。你走着，看着附近的雪松，仔细仰望蓬松树梢上面的雪松果。

雪松果，有的地区叫松塔儿，多为卵圆形，由许多木质的鳞片组成，里面有松子。现在是采摘的最好时期，松子成熟，容易脱落。大胆能干的人们自制"铁爪钩"，借助它爬上树敲打球果，但是这很危险：树干很粗，树枝在树干的上半部分很高，不结实，容易折断。就连使用"铁爪钩"的勇敢分子，也不是每个人都能够爬上去的。树的高度——大约四十米！最好的办法是等待刮大风，秋风频繁。昨天刮了大风，把松塔儿吹了下来，今早你去捡吧，任你挑选！

我对老树不感兴趣：球果歪斜，被虫咬过，而且很小，其中有一半是松脂。只有年轻的雪松结出的果实才又大、形状又匀称、松子又饱满。人也是如此：繁殖力最强的时期——青年……

似乎找到了适合的树。用脚把树叶清理一下——雪松果！又大，又匀称，很像进口的菠萝，上面是松脂凝固的白色斑点，粘着针叶，木质鳞片中满满的松子，沉甸甸的！双手、衣服立刻浸透了针叶林的香气。这样饱满的果实十个至十五个，背在肩上已经够沉的了。

孤独的苍鹭

三月的最后几天，城市街道上早已没有积雪，不是融化而是蒸发了。这里不是莫斯科郊外而是阿穆尔河畔，随着天气变暖在开阔地上几乎见不到雪的踪迹了。只有在阿穆尔河上还有雪面冰层，在阳光照耀下仿佛白色床罩铺在河面上。在河面上行走非常危险，已下令禁止通行。

太阳缓缓落到左岸的远方，红彤彤的光芒依然四射，刺人眼睛。夕阳斜射，照得冰层像镜子一样闪亮。周围洋溢着春天的气息：杨树皮微微发绿、幼芽含苞待放。晚霞的天空倒映在已融化的河水上。一切如此美好；广阔的空间、新鲜的空气、城市黄昏前的寂静、偶尔传来清脆的响声：被太阳照射后冰块碎裂的声音。

行人稀少。我们慢慢地走到河岸尽头，那里是体育游艇俱乐部所属的圆形小港湾。肮脏的小溪流到这里，小港湾的上空弥漫

诺亚方舟

着热废水散发出的蒸气，已融化的雪水漫延。黑色的乌鸦和喜鹊一本正经地在冰层上寻找食物，看一看有没有可吃的东西。离它们不远的地方站着一只高大的鸟。

"看，苍鹭……"妻子对我说。

"真的，黄色的阿穆尔苍鹭。来得太早了。"我说。

苍鹭飞来得过早，连不需要开阔水面的老鹰都还没有飞来呢！等着瞧吧，夜幕降临，寒冷把水洼再次结冰，唯有岸边融化的雪水不再封冻。苍鹭在哪里过夜？这只孤零零的苍鹭应着春天的呼唤急忙飞到这里，看来，它不得不返回松花江河滩地了……

不，它没有飞走。第二天我们重又看到苍鹭远离其他鸟类孤独地站在那里，很像被某种不幸抛到异乡的人。天气恶劣，寒风凛冽，大雪飞扬。苍鹭怎么样了呢？

一年后的这个季节，在已融化的雪水上站着一只苍鹭，是我们看见过的那一只还是另外一只？没人回答。鸟的外貌相似，看上去长得都一模一样。后来每年我们都去那里想看苍鹭，但再也没有看到苍鹭的身影。尽管飞来的日期——三月二十八日准确无误。故乡的呼唤——强烈的情感，有时难以抗拒，人们不得不拼命地奔向遥远的故乡，仅仅是为了看一看自己出生的故土、童年度过的地方，触摸迈开双脚学会走路的土地。

太阳和月亮相遇

今天是十二月二十二日——一年之中昼短夜长节气的开始，

真正冬天的降临。尽管在这之前阿穆尔河已经封冻，朔风呼啸，寒冷刺骨，外出不穿毛皮大衣会挨冻的。多么美好的一天！黎明前下了毛绒、蓬松的霜，像一层新下的雪似的，亮晶晶的，把大地变得洁白无瑕。安谧、原生态的纯洁。雪地上蓝色的花纹在蔓延，在其别致的图案中可以看到：一长串踪迹、枝枝伸展的树木的阴影、急速划过的雪橇的痕迹。

晚上，美丽的霞光笼罩，我们外出散步。暮色苍茫，太阳躲藏到公园高大树木的树梢上，仿佛在树枝中迷了路，像落入网里的鱼，深深地陷入松树和白杨纷繁的枝枝当中，看不见的紧张搏斗和奋力挣扎，使得太阳的脸更加绯红。深红色的晚霞染遍了白雪、阿穆尔河上的冰层和遥远河畔窄长的河柳树丛。当我们来到河畔时，只看到河上一望无际铺满白雪的厚厚冰层，河柳树丛上方半米高处挂着一个红色大球。

我们不由自主地环顾四周。看见在天空的另一边，在距离地平线同等地方一轮苍白的圆月正在缓缓升起，颜色灰白、软弱无力，仿佛耗尽了所有光源似的。两个星球在天空邂逅，面面相觑。"你怎么还没有走？"一个星球困惑不解地问。"你怎么来得这么早？"另一个星球回答。月亮来接夜班，但是天空此刻是无主的，很像敌对双方之间的中立地带——一方撤离了，另一方还没有接收。

太阳离去，如同吹大了的红色气球向河柳树丛慢慢下落：起初淹没到腰部……再深一些——到肩膀，后来露出眯缝着的眼睛，最后剩下小小的光点——太阳消失了。

我们以为霞光也随着消失。不，晚霞染红天空，洒到公园的树木上，把蓝色的雪染成粉红色。落日余晖渐渐退去。浓重的蓝色遮盖住昏暗的天空，闪着微绿光芒的月球照亮大地，皓月当空，逼退黑暗。

我想：在我们人类和整个大自然当中，大多数智慧超群的巨擘都不愿意和同行合作，为了全面展示才华他们需要的不是竞争，而是凸显他个人成就的巅峰。大家都知道：古希腊古典艺术盛期的雕塑家菲迪亚斯（公元前五世纪——约前432/431年），他是负责古希腊最著名的建筑物之一、祭祀雅典娜女神的帕特农神庙雕塑的雕塑家，他以超人的工作能力胜过了其他的雕塑家，限制了他们发挥自己的智慧和才干。意大利画家、学者、工程师达·芬奇（1452—1519）和意大利文艺复兴盛期的雕塑家、画家米开朗琪罗（1475—1564）是同时代人，他们却回避相见。可能俄国伟大诗人普希金也以卓越的天才超越了很多同时代诗人，因此并不是所有的人都喜欢他。

无缘再见的鳡鱼

陡峭的河岸上挤满了渔夫。阿穆尔河水猛力冲击着以钢筋水泥加固的玄武岩陡坡，形成巨大的旋涡。河面起伏不平，时而掀起山丘似的波峰，时而下落成弹坑般的波谷。在这样的峭壁之下通常是仰头鲤鱼最好觅食的地方，激流把各种小鱼——雅罗鱼、白鲦鱼、鲫鱼冲击到岩壁旁边，捕食其他鱼类的鱼从隐蔽处向它们袭击。而渔夫们在这里也非常走运。使用的渔具并不复杂：钓竿上带钓钩的钓线，鱼饵，一些大的浮子以便保持漂浮状态。钓钩就是钓普通鱼使用的那种，鱼饵各式各样。在峭壁旁，在阿穆尔河鱼类日益枯竭的条件下，绞竿钓鱼法——徒劳无益——双手累得酸痛，也难以钓到鱼。最好还是耐心地使用传统渔具。

我走到渔夫那里看一看钓到了多少，在一个活鱼池里有几条黄颡鱼，这意味着：既然钓到了小鱼，就应抱有钓到大鱼的希望——手里拿着山雀远比看着仙鹤在天上高飞心里踏实。鲤鱼再好，可它在河里呢！不过，有的渔夫那里也有银白色的大鱼，吻突向上弯曲，带有尖镐的背鳍。不再看别人的收获，该关心自己钓竿的动静了：马上，看，就要咬钩，快……

突然，附近一个渔夫的钓竿抖动了，鱼咬钩了，他开始急忙向上收渔具，紧张地看着钓上的是什么鱼。隔着栏杆，又很远，看不清楚：岩壁很高，鱼在水下。也许不是鱼，而是钩住了什么废铁，经常有人往河里乱扔垃圾！此时水面溅起浪花：是鱼！钓竿向下弯曲成弧形，其他的渔夫都跑了过来，七嘴八舌地出主意，想办法：

"别着急！别着急！让鱼再稳一稳！"

"千万不要放松！"另外一个人喊着，"鱼会逃跑的！"

主意各不相同，简直不知道听谁的！"唉，需要捞鱼网！岩壁太高了！谁有捞鱼网？"

"捞鱼网也没有用，太高了！"

"是条大鱼！看又是六鲶鱼！咬钩了就跑不掉了！"

不知什么人拿出一个带有拉绳的正方形小网，是为了捞作为鱼饵用的小鱼的。那个渔夫只有慢慢地让鱼接近岩壁，如果在最后一刻鱼挣脱跑了，渔夫将无比沮丧！这样的不走运给钓鱼人带来无法治愈的心灵创伤，甚至导致他终身不再钓鱼。

"这怎么是鲶鱼呢？明明是仰头鲤鱼！瞧，鱼尾很宽，有尾鳍！赶快拉上来！"

的确鱼尾很宽，足有成年人两个手掌那么宽，像船桨似的扁平状，不过，仰头鲤鱼是灰色的，而这条鱼是红色的，更像哲罗鱼。是的，类似大红鳍鱼，可是这种鱼在我们这里早已不见了。在岩壁旁鱼尾拍击着水，露出银白色的鱼身，浅红色的胸鳍。

"不是仰头鲤鱼，是鳡鱼！"我第一个认出来并且喊出鱼的名称。我只在食品店里见过鳡鱼，但是此时此刻鲜活的鳡鱼被钓了上来待在网里。

渔夫让鱼进到小网里，跑不掉了！拉了上来，好漂亮的大鱼！渔夫们把这个走运的渔夫围得水泄不通，每个人都想把鳡鱼拿在手上，看个仔细，掂量一下分量。不知从哪里钻出一个拿着照相机的人，好啊，站着别动，一个人抱着大鱼，咔嚓！照完了，下一个，再下一个，可是谁都没有问：向什么人要自己的照片。实际上鳡鱼真的是个美男子！一米多长、六七公斤重。身体呈流线型，像鱼雷似的。洁白如银的鱼鳞闪闪发亮、红色的鳍和尾鳍。如此漂亮的大鱼，不是那些小鱼，怎么会被如此简单的渔具钓上来了呢？真傻！我为它惋惜，内心酸楚。最好还是放了它吧！有谁能够同意呢？这样的好运气一生可能只有一次！

很久了，从二十世纪六十年代起我再也没有机会看到鳡鱼，同样，也见不到我们阿穆尔河的鲈鱼——大鳌花鱼，与阿穆尔野鲤鱼大小相似。这些鱼都是稀有品种，属喜暖鱼类。我们国家只

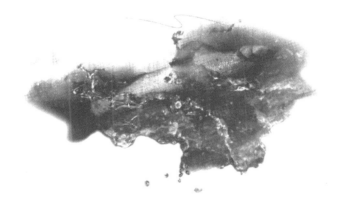

诺
亚
方
舟

在阿穆尔河繁殖这类鱼。记得很久以前在市里食品店只卖阿穆尔河产的鱼，没有海鱼。鳡鱼的价格是鲈鱼的三倍、是鲟鱼肉和大鲟鱼的一倍半。价格与鳡鱼相近的——白鲑，味道也可与之媲美！切下不大的一块煮鱼汤，鲜美极了！一言难尽。现在阿穆尔河鱼资源匮乏。洪水泛滥也是灾难之一：一连很多年鱼不能够正常产卵。就算开始产卵，鱼的数量并未增加。还有繁殖力很强的鱼到阿穆尔河中游去产卵，当地的渔夫不惜用各种渔具捕捞，阿穆尔河特别美味的鱼类濒临灭绝。

我在报纸上读到这样一条新闻：某渔业劳动组合的主席夸耀自己：向阿穆尔河放了一批鱼苗，一年后捕捞四十吨鱼，八年后——一百六十吨！他打算一年后捕捞到什么样的鲟鱼呢？——牛尾鱼那么小。小鱼将需要吃大量昆虫，然后呢？长大了，鱼需要吃鱼，怎么办？渔业学家证实：一条狗鱼需要吃六百公斤鱼，才能够长到十二公斤重的分量。那么鲟鱼需要什么饲料生长呢？这位主席的言论过于草率。母鸡是在下蛋以后而不是在下蛋前就咕咕叫个不停。

在阿穆尔河试图采取很多繁殖鱼类的办法，遗憾的是收效甚微……

丘克恰吉尔斯科耶湖——最大、最美的湖

相传，哈巴罗夫斯克边疆区少数民族涅吉达尔人的祖先源于贝加尔湖沿岸区，远古时期他们从那里来到东部地区为了寻找适

宜的居住地。没有人确切了解他们的经历，因为游牧人没有留下任何文物、遗迹，仅仅只是传说。

他们走了不是一年、两年，因为在途中不仅有无数高山峻岭、原始森林、大河小溪，而且距离相当遥远。

路途中必须给鹿寻找饲料——鹿苔，还要给自己找到吃的东西。就这样向东迁徙。途中他们遇到一个大湖，有鱼、有鸟，周围还有野兽。山顶上同一时间有十几头马鹿在吃草。游牧人还想要什么？按照传说：在丘克恰吉尔斯科耶湖畔出现了涅吉达尔人，按现在估算：不超过两百人。不幸的是周围没有鹿苔，不得不放弃养鹿。这种情况在阿穆尔河上游地区曾发生过，那里的游牧人不再养鹿而换成养马了。

湖面特别宽阔，按现在计算湖的平面大约三百六十六平方公里——整整一个淡水海。而在悠久年代湖面更大。问题在于湖的东半部分布满水草——慈姑、睡菜和某些石南科植物，它们的根缠绕在一起，像厚厚的宋垫铺在湖面形成河滩地。上面不能够站人，偶尔有的地方勉强能够站一个人。用竿子向下戳，三米深的地方有水。湖水是流动的，源于阿姆贡河，经过狭窄的支流，再流经奥利吉坎河，最后汇入阿姆贡河遥远的下游。阿穆尔河沿岸的湖泊都类似。

奥利吉坎河的源头是库库里尼河，丘克恰吉尔斯科耶湖到这里终结，湖畔沿岸从这里开始。在河滩地之间形成狭窄的、弯弯曲曲的水道，水道有时被堵，小船不得不用缆绳拖着走。

湖中有几个森林密布的小岛，其中有的在河滩地上。蚂蚁岛从远处看很像蚁丘，因此得名。渔夫和猎人经常在蚂蚁岛上停留，因为河滩地上没有地方可以宿营。

蚂蚁岛上林木繁茂，其中有一棵"古老的"落叶松，树枝垂在湖面上，它早已度过了百岁——在树干上很久以前有人刻字留念："巴拉诺夫一八七八年"。巴拉诺夫是位军事地形测绘员，在克尔比地区的各分散点进行天文学测量，作为未来这一地区地形测绘的依据。巴拉诺夫从克尔比沿最短路线经过丘克恰吉尔斯科耶湖、埃沃龙湖，继续沿戈林到达阿穆尔河。他在大树上刻下自己的姓和年代以作纪念。

落叶松已经太古老了，刻字因风吹雨淋已模糊不清。最好把它锯下来，作为边疆区第一批考察者们的纪念品陈列在博物馆里，不过大树过于粗壮，使用油锯都未必能够锯倒，而我们轻装上路连双把锯都没有随身携带。经过十余年我在阿姆贡遇见一位去过蚂蚁岛的旅游者，他说："老树还活着，只是向湖面弯曲得更厉害了，人们在树根旁点燃篝火，一直烧到刻字——题词的位置。"

二十世纪三十年代末期把全部涅吉达尔人从丘克恰吉尔斯科耶湖迁移到阿姆贡的弗拉基米罗夫卡村，因为该湖将用作远东劳改营捕鱼基地，犯人和自由居民相邻而居被认为不成体统。只有涅吉达尔人谢苗诺夫夫妇一家坚持留在湖畔生活。

为了纪念这个具有光荣历史的湖，在涅吉达尔人的民族装饰图案中有一个细节——三个叶子。一位文化研究专家认为这是三叶草，可是涅吉达尔人不很了解田地和草场。这是睡菜，他们夏天捕捉马鹿，就是当马鹿出来吃鲜嫩的睡草时猎到的。在湖上和河滩地长满睡菜，现在用睡菜饲养麝鼠，用睡菜搭麝鼠的巢穴。

湖的水质正在恶化，蠕虫毁灭鱼类，湖畔经常有很多死鱼。

鱼的资源日渐枯竭……

尽管由于河滩地的出现湖的平面减少了，但在阿穆尔河沿岸丘克恰吉尔斯科耶湖依然是最大的湖。是啊！也是最美的湖。

道路上各取所需的猫头鹰、兔子、猞猁

人们在原始森林里开辟了运输木材的道路。这对动物有什么好处呢？没有任何好处吗？请不用急于回答。

我的一位朋友喜欢看我写的书，虽然他不是普通人，是位领导，不过我们很有共同语言。是大自然使我们互相接触、友好相处。他酷爱钓鱼，每逢假日他都在阿纽伊河畔度过，他特别喜欢细鳞鱼和茴鱼，有时还炫耀他钓到过哲罗鱼。他经常选择春季天气最不稳定的时节钓鱼：河水还没有完全解冻，春雨冰冷，偶尔飘起鹅毛大雪，寒风凛冽，能够把渔夫从冰上刮到冰冷的黑色水中。有时候钓线在河面上乱晃动，无法一下子甩到需要的地方。

有一天这位朋友来找我，竭力说服我和他搭伴外出一周去钓鱼，他保证将能够钓到很多极品，并且有汽车送到目的地。我不同意，我说："为了两个钓鱼的人，开车走三百公里的路，这不合算！"——他确切地说："汽车不是为了送我们两个，是顺路，到了转弯的地方我们就下车，再搭上木材运输车到达目的地。"

当天晚上我们出发了。过了马亚克村夜幕已经降临。天空昏暗，附近的森林火灾照亮了低低浮动的、轮廓模糊、松散的云彩。汽车车灯不停地惊扰小动物：时而，在某处宿营的野鸽飞了

过来，时而，在道路中间站着一只吓呆了的白色猫头鹰，突然，不知从哪里跳出来一只兔子。猫头鹰见到灯光看不清东西，险些被轧在车轮底下，而兔子长时间在车前跑来跑去，不知道怎样才能够逃离这条光带。驾驶员不得不关上车灯，临时刹车，为了保护兔子那脆弱的心脏。我们边疆区小动物已经不多了，不应该无缘无故地伤害它们。快到阿尔谢尼耶沃村时，开始了最荒凉的地带，在道旁的灌木丛里一只黄色的大动物闪了一下。它不慌不忙地沿道边跑了几米，转向路旁两侧的排水沟那边去了。驾驶员急忙刹车，没有关车灯。坐在他身旁的我的朋友立刻打开车门冲向动物躲藏的树丛，刹那他飞快地跑了回来。

"怎么回事？是什么动物？"我们向吓得魂不附体的朋友提问。"是猞猁。"他回答说，"我看它一眼，它站在树丛里两眼直勾勾地看着我。我真想揪住它的耳朵！""怎么没有揪呢？""唉！它的爪子比老虎的还要尖锐，抓你一下，你会记住一辈子。太——厉害——了……再说。还是面对面啊！真把我吓死了，两条腿直哆嗦……""那你为什么要去追它呢？""我本以为是山羊呢……"

这一次我们钓鱼非常尽兴，一大清早到河边开始钓鱼直到天黑，只有喝茶时才稍停片刻，我钓到了茴鱼，还有少量细鳞鱼。我的朋友几天之内就变成了流浪汉——没有刮胡子（我看不见自己，没有镜子），衣服脏兮兮的，由于风吹日晒，他的脸黑黢黢的，可喜的是：钓到了不少大的细鳞鱼，甚至还有两条红尾哲罗鱼。

暮色时分我们回到了村庄，穿着肮脏的鞋、沾着泥巴的衣服。我们一口气喝了女主人

绘荆

用浓缩食品煮的汤。然后开始收拾鱼，开膛取出内脏，放到盐水里，把前一天腌好的拿出来洗净放在挂钩上晒干。最后我们到澡堂洗澡。这一期间，房东——护林员的儿子忙活着生起火炉，不让火燃烧得太旺，只冒出轻烟，这样睡觉时不盖被也不冷。真奇怪：人为了满足不可遏制的钓鱼欲望，不知道经历过多少磨难和不舒适的环境！有时候，钓鱼的人并不需要鱼本身，他把新鲜的或腌制的鱼分给朋友们，有时他和大家一起喝着啤酒或者茶水把几天钓到的鱼一下子吃掉。人，只不过需要哪怕一年内有一周时间摆脱文明社会的享受，感受一下与大自然单独接触的惬意。野外环境的各种不舒适、不方便使人困扰，难以忍受，落入冰水里寒冷刺骨，但是这一刃会使人心灵宁静，在后来的日子里将会经常回忆起这些无限美好的时光。

在返回的路上我们重又惊扰了猫头鹰和兔子——驾驶员认为：在二百米远的距离开着车灯足以吓跑胆小的兔子，然后再关上车灯，兔子想怎样就由它去吧——顺着道路跑还是掉头跑，随便！不过，话说回来这是道路，道路又怎样？道路不是高草丛和灌木丛，兔子在道路上可以平等地跑来跑去追着玩儿啊！而且道路两旁的排水沟边长满鲜嫩的河柳，兔子可以饱餐一顿。

猫头鹰也看中了道路，它们比兔子还早就赞赏道路的开阔空间。要知道在草丛中它们很难捉到老鼠，而在这里，在道路中间等候：看，老鼠跑来了！在开阔的道路上老鼠逃脱不掉猫头鹰的爪子。方便吗？当然！至于猞猁，它认为：捕猎兔子没有比在道路上更方便的地方了，兔子自己从来不知道防备，经常三五成群出现在道路上，猞猁见到兔子——一下子咬住兔子的脖子！不需要在草丛里寻找。由此看来：每个动物都从道路上各取所需……

鸳鸯在白杨树洞栖息

初春乍到，离开城市到某个僻静森林再一次去旅行的愿望在我的内心涌动，再一次，也许是最后一次，尽情地闻一闻稠李树、丁香树、喇叭茶树开花的芳香，白花编织的地毯覆盖着布满阔叶树林潮湿的大地。我快满七十岁了，越来越多地依恋家庭，喜欢在习惯的写字台旁写作。最近偶然遇到要去阿尔谢尼耶沃村的一位朋友，在那里他要把没有竣工的别墅建好。我帮他打下手，钉了十几根钉子。不过待在村里我感到寂寞，突然看到一条小船，旁边站着的那个人恰恰是我的熟人——护林员谢尔盖。"出船吗？""是的，出船……""带着我吧！""装的东西太多，下一次吧……"

当然，遗憾！有什么办法。当天晚上谢尔盖来了，领来一位陌生男子，从相貌上判断：很像当地土著乌德盖人。

"看，伊万诺维奇，我给你找了一位可靠的人，你和他一起沿阿纽伊河到达托尔马苏河，还可以再向远一点。他是我们的护林员，维克托……"

维克托大约五十岁，中等身材，面孔黝黑，看上去和蔼可亲。

"您是乌德盖人吗？"我问。他不仅面孔黝黑，头发也是黑的。"不是。"他回答说，"我是马里人，在远东服役，后来就留在这里了。请您准备一下，明天早晨直接到小船……"（马里人指马里苏维埃社会主义自治共和国居民，旧称切列米斯人。——译者注）

村庄不在阿纽伊河畔，而是在离它一公里远的丘伊河支流。河水清澈透明，有一些小岛，覆盖光滑柔软的绿草，雅罗鱼在小岛之间成群地畅游。支流上方架起一座可以通行的钢索吊桥，从桥上可以看清水下的一切。清晨我们沿着这一支流驶向阿纽伊河。支流绕过陡峭的山岗，山上布满针叶林和阔叶林，几乎包括远东所有树种：雪松、云杉、冷杉、槭树、白蜡树、椴树、白桦和黑桦、落叶松……木材采伐者们居住的村庄叫阿尔谢尼耶沃村，附近是叫丘伊的乌德盖人的游牧人宿营地，两个村独立存在。

看到了在树林中间的营地房屋，维克托把小船靠在岸边走了，回来时领来一位乌德盖人卡柳久加。

尤里·卡柳久加年轻时沿原始森林、大河小溪进行过多次各种探险、考察，善于狩猎。最近几年开拖拉机，后来因眼睛不好当上了护林员，现在快退休了……

进入阿纽伊河之前　作为河的不可分割的象征：在砾石浅沙滩上有一棵高大的、完全没有树皮的白杨。河水摧毁了树冠、树枝、树根，然后把这个巨人的尸体抛在浅滩上，树干粗超过一点五米，阿纽伊河畔的白杨比这还要粗一些，马氏白杨是阿穆尔河沿岸最高大的树种。

天气无风，炎热。蔚蓝的天空白云舒卷。流动的河水时而交织着珍珠贝色的花纹。岸边郁郁葱葱的林木倒映在河面上。尤里信心十足地驾驶着小船，比比画画地指示该怎么走。他对阿纽伊河了如指掌，就连最小的河汊都一清二楚。

山峰已留在后面，两侧展现河滩地，长满河柳、钻天柳、白杨幼树。在树与树之间生长着高大的拂子茅草，民间把它叫作冰草，学名：大叶樟。这种植物根系茁壮，对土壤的适应性很强，在一些地段它们长得像密实的墙一样，有一人多高。阿纽伊河沿宽阔的河谷流淌，河水清澈见底。春潮或者夏末雨季时河水泛滥。现在水位"适中"，无力撼动高大的白杨，它们可以在砾石河滩地安静地昏昏欲睡。

小船的前方一群小鸭腾空而起，我数了一下共有八只。它们绕过我们径直向前飞行。我不止一次看到过一群秋沙鸭在水流湍急的河畔树上筑巢，但是野鸭在白杨树洞里栖息实属罕见。从远处看很像花尾榛鸡，当小船接近大树时，一群野鸭飞走了——实际它们是鸳鸯！

这些从日本和中国飞到这里筑巢栖息的鸟叫作鸳鸯，由于羽毛华丽，在那里把它们当作观赏动物。外形像野鸭，略小、脖颈长、羽毛绿色、鲜艳、嘴红色、趾间有蹼善于游泳、翅膀较长能够飞翔。这不是飞鸟而是鲜花！

早春四月，鸳鸯飞到我们这里，立刻在阿穆尔河沿岸岩石河畔的白杨和钻天柳的树洞里筑巢。当树叶还没有遮天蔽日时，鸳鸯很容易被发现。看，鸳鸯飞向老的钻天柳树前，迅速地钻进树洞，在鸟巢里繁衍后代。当小鸳鸯长大了，羽毛丰满了，这个巢显得狭窄了，它们便离开树洞。幸好，它们飞到高度十米至十二米，羽毛完好无损。春暖花开时节鸳鸯一直在水上嬉戏，偶尔飞到树洞或者半秃的老白杨树枝上停歇一下……

鸳鸯在白杨树洞筑巢

从外地到远东，包括到阿穆尔河沿岸地区来的人都觉得这里有很多不同寻常：这里的乌鸦是黑色的，不像俄罗斯中部地区的乌鸦，那里的乌鸦是灰色的；喜鹊除了普通颜色外还有蓝色的；兔子在夏天是黑色的；白桦树不都是白色还有黑色的；橡树长到一米高就已经成熟，能够结下饱满的橡实；在有普通的稠李树生长的同时，还可以见到山槐。

在这里有很多非凡现象，因此对鸳鸯栖息在白杨树洞里也不必感到奇怪，尽管鸳鸯更多时间是在水上游来游去。难怪在乌克兰把鸳鸯叫作水鸭子……

难得一见的仙鹤

八月，美丽的黄昏。太阳在阿穆尔河左岸遥远的山后缓缓落下。阿穆尔河光滑如镜的水面反射出夕阳的余晖。天空蔚蓝，白云朵朵。我乘船从小岛回家，我们在那里有一个小别墅，种一点地。内燃机船为了在其他船只之间停靠码头不得不大转弯，船尾画了一个很大的弧形。激流把船冲向悬崖，上面的建筑物是卫国战争时期为了捍卫边境修建的。现在已经失去原来的功能，在那里开了咖啡馆、饭店。旅游的人们从开阔的平台上眺望阿穆尔河的远方，浩瀚大河尽收眼底。

一大群呱呱叫的乌鸦引起我的好奇心，其中还有几只喜鹊。这些鸟为什么如此惊慌？仔细一看发现：它们正在追逐着城市上空飞行的即将飞到河岸的某种大鸟。乌鸦自认为是城市的主人，广大的区域是它们的地盘——饲料基地。尤其是冬天，河与湖结冰无法啄鱼时乌鸦在城市过冬。夏天乌鸦飞回大自然中繁衍后代，但是不放过对城市上空的警戒。

从哪里集聚这么多的乌鸦，它们顽强追赶的是什么鸟呢？起初我以为它们的目标是苍鹭，其实很快就明白了：一对仙鹤在翱翔。

几乎五十年前，少年时期我有机会在阿穆尔河沿岸的溪谷见到过这样的大鸟，灰色仙鹤在河里的草丛和芦苇丛里筑巢。我不止一次看到过仙鹤单独飞行，很少有成对飞行的。这对仙鹤非常谨慎，发现有人后飞向高空。我多么想好好看一看它们啊！那些年代各种鸟数不胜数，特别是候鸟迁徙季节：成群的鸭、鹅、黑雁、豆雁，各种大、小鹬鸟在沼泽地筑巢、觅食和度过夏天。

似水流年，几十年过去了，突然在城市上空又看到了仙鹤！乌鸦和喜鹊想从自己"合法"领地把外来者赶走。它们从上面向仙鹤俯冲，仙鹤不知所措地尽快躲闪，展开宽大的翅膀飞走了。乌鸦把仙鹤押送到阿穆尔河的中间，开始返回了。

这一场景逐渐淡忘了，然而两年后我又见到了仙鹤，这一次是在我的别墅附近。阿穆尔河浅水期，河湾与其分离，仙鹤只能在河湾水少的地方觅食。在温暖的水里有很多青蛙，看来仙鹤只好以蛙代鱼了。这一次我看得非常清楚：展开翅膀，腾空而起，飞得很慢、很低、很有气魄。仙鹤比苍鹭大许多，不易混淆。飞了一段时间落下来了。

曾寄希望：如果不惊扰、不伤害仙鹤，明年它们将会再来，不是两个，而是携家带口地一起来。仙鹤真的飞来了，再次在河

诺亚方舟

湾浅水处见到了，我喜出望外。过了两天我去别墅——它们不见了，可能到另外的地方觅食去了。

城市的毒气、污水不仅污染空气、水、土地，也毁灭动物直至最小的昆虫，也许首先受害的是昆虫。从前有多少蜻蜓、蝉，各种小甲虫！它们到哪里去了？就连在房屋屋檐下筑巢的燕子都消失了。要想找到红色蚯蚓作为鱼饵都成问题。土地被严重污染。谁都不喜欢受到城市的污染，尤其是仙鹤……

童年记忆中的杓鹬

我的童年许多回忆都和杓鹬有关。我喜欢在附近的草丛、林间小树林、沼泽地钻来钻去。而且外出总能找到借口：去采野山葱（黑面包加腌过的野山葱——绝配！）野花，摘刚刚成熟的越橘，理由充足：抬腿走人！只有在割草大忙季节父亲才带我去草场，让我照看马匹和宿营地，我的个子小，也干不了别的事，帮不上什么忙！

我们村庄位于广阔的平原上，沼泽地多，荒地、路旁、宅院里，到处都有水洼。那些年雨量丰沛，阴雨天连绵不断，土地中的水分保持很长时间，即使干旱天气沼泽地也有水：想要喝水——在沼泽地上踩出一个坑，立刻冒出清水，用手帕或者衬衫下摆过滤一下，以免有昆虫或其他杂质一并喝下去。

沼泽地吸引我的还有水越橘，早一点去，趁未被森林火灾烧毁，采摘饱满、多汁的浆果，其乐无穷。使我着魔的还有鸟。春天，候鸟大雁成群结队地停留在溪谷休息、觅食，它们是从松花江沼泽地飞了一天，接着再继续飞行——到达博隆湖。停下筑巢的有鸭子，还有个别的鸟类——各种鹬：山鹬、丘鹬、田鹬、杓鹬……如果天气晴朗，大雁不在溪谷长时间停留，而是不停地飞行。我作为鸟的迷恋者望着飞过的每一群：有的雁群为规整的三角形；有的雁群伸展如同不均匀的链条；有的雁群分成几个小群。我眼看着它们消失在蓝色的雾气中，我倾听着它们发出的断断续续、快乐的咯咯声，使心灵恬适的天籁之音。秋天雁的相互呼唤完全是另外的音调：离别的忧伤、面临冬季的恐惧。也许，鸟类对此尤为敏感。再看鹬鸟。杓鹬不成群飞行，而是成对儿飞行。杓鹬体形很大，如同母鸡毅大小。翅膀展开时很长、嘴长而稍微弯曲。飞行时经常发出叫声，类似口哨声。它们飞行缓慢、起伏不平，看上去笨拙、疲惫的样子。它们不经常展开翅膀竭力飞得很高，而更像是马上就要跌下来或者乏力地落到土堆上，其实相反，它们会继续飞得很远……

　　鸟儿远走高飞了，仿佛把我的心也带走了，我失魂落魄，忘记时间和空间，衣兜里装着一块面包、两个煮土豆——我成了自由的流浪儿。父母对我并不担心：从不问我到哪里去了，我从不穿贵重的鞋，没套靴子，冬天我穿自家做的软底便鞋——鞋头用的是软皮，鞋面压的是旧的消防水龙带帆布。每到复活节我就把便鞋扔掉，光着脚直到寒冷的秋天。在家里穿的衣、裤比在沼泽地闲逛时更破。

　　我特别想看一看杓鹬的巢，孵小鹬的卵或者鹬雏。不知是鸟巢隐藏得好，还是鸟的飞行路线迷惑了我，反正我始终没有找到。

诺
亚
方
舟

有一天我跟随着鸟来到茂密的赤杨林丛。突然听到扑啦扑啦的响声，闪出一个又大又黑好像竖起前掌的熊。我吓傻了，呆呆地站在那里，原来眼前是一只睡着了的松鸡，松鸡很大、很沉，如同火鸡。是它把我吓得像死人似的。直到它飞走以后我才慢慢清醒。

从那时起过去几十年了，杓鹬和它们的飞行姿态仍历历在目：仿佛醉汉一样，东倒西歪，在空中摇摇摆摆，但从不跌下……

这些场景记忆犹新，为我的平庸生活增添光彩。人一降生就伴随着很多精彩，但是，人，或者对此麻木不仁，或者回避生活的美好瞬间，与世隔绝。后来醒悟：岁月白白流逝，生活漫无目的，追悔莫及。必须永远牢记：我们是地球这一星球的匆匆过客，珍惜地球赐给我们的每一天。只有这样，闲暇时间回忆起陈年往事才有乐趣。

体态优美的狍子

狍子——这种体态优美的山羊和家羊完全不同，腿细长、匀称，蹄子呈黑色。满身披着浅黄色的毛皮大衣，尾巴上方围着一块白色的"餐巾"，据说"餐巾"是为了给子女指路以免小家伙们掉队、迷路。我们整个边疆区除了最北部地区都有狍子栖息。在橡树、白桦稀疏林地，在平原、在山岭、在长满榛树丛的地方狍子都可以栖身。榛树和橡树的干瘪、失去光泽的叶子春天之前不凋落，即使在冬季狍子也有饲料。狍子对阴森、茂密的针叶林则敬而远之。

我们家乡有不少生长着橡树和白桦林的土岗，小河附近还有布满土墩子的草地，狍子在那里出没已司空见惯，没有人感到惊奇。十月中旬村里的牛赶出去放牧。

那一天，下着雨夹雪。我穿得很暖和，穿着父亲的旧皮靴，紧身的呢子外套、宽腰带，头和肩披着口袋以代替雨衣。我十三岁，知道应该好好照看牛群，不能让牛跑到铁轨旁。一年前特快列车司机科列夫斯基因来不及刹车一下子轧死八头牛……

秋风吹得树枝哗啦哗啦地响，小雨淅淅沥沥。浑身上下都被淋透了，湿冷的衣服贴在身上很冷。我非常想找个僻静的地方坐下缩成一团以保存体内的最后一丝温度。可是牛不站在一个地方吃草啊！

这一天显得无比漫长，天空飘着边缘不整齐的云彩，时而下着毛毛细雨，时而大雪纷飞。透过雨雪编织网环顾四周，不知道如何熬到晚上。

只有一线希望：牛自己知道该回家了！突然，榛树丛里出现两只狍子，它们面对面地看着我，站在牛群旁边一起吃草，一点儿都不害怕。我看着它们一双黑色的大眼睛、警觉地竖起的耳朵、嘴唇上还有一片没有吃下去的树叶。这种局面持续一瞬间，狍子猛醒，飞也似的逃跑了，白色的"餐巾"在树丛上方忽隐忽现。

那年，从秋天就飘下雪花，狍子白天躲在草场的干草垛旁，晚上经常跑到村子里避寒，搅得家犬不得安宁。

在我们的院子里，在正式盖起房屋之前父亲利用铁路拆下来的枕木搭起一座临时住房，很暖和。犹太人罗伊特曼一家没有问我们是否同意就在临时住房住了下来。一家之主罗伊特曼是一位裁缝师，他有一位夫人、三个儿子。他们从俄罗斯西部来到新的地方，只要有栖身之处就满足了。长子在储蓄所工作，两个弟弟还小。卫国战争期间他们两人应征入伍，在斯大林格勒保卫战中一起阵亡。

一大清早听见院子里有人喊叫，我出去看个究竟。老罗伊

诺
亚
方
舟

特曼挥着双手对其他人说："马鹿来过了！"夜里下了一场大雪，动物留下的踪迹清清楚楚，父亲看了一眼说："是狍子。"老罗伊特曼不安地说："反正是野兽，也许熊和狼会来追它们！"在他看来无论什么野兽在家门口出现，都很可怕。

它们出没的地点没有人知道。"我们这里没有狼。"父亲说，"也许远一些的地方，大森林里能有，上帝保佑！我们这里还没有听说过有狼。"

狍子在深雪地里挣扎，被埋得很深，很容易成为猛兽和猎人的猎获物。也有饿死的。冬天狍子躲在没有雪的、朝阳面的山坡上或者在有豆秸和干草的田地里。最困难的是早春时节：温差大，白天雪已融化，夜间结成冰层，狍子的蹄子有时被冰划破，摇摇摆摆地走着，甚至村子里的狗都能袭击它们。春天的狍子瘦得可怜，没有肉，不该射杀。狍子的毛皮虽然很厚、很暖和，但是不耐磨，狍子皮做的皮袄穿不了多久。只能用于简易板棚和帐篷里防潮用的铺垫。

后贝加尔斯克最早的哥萨克们曾用狍子皮做成皮袄，很轻，还可能防弹。把狍子头上的皮连同耳朵直接剥下来做成帽子。这副打扮的猎人酷似狍子，他们因此得了个绰号——狍子。

狍子的肉可以吃，我们买过一点，要煮很长时间，吃过之后盘子里一点油星儿都没有。

目前猎人很少能够猎到狍子，我不止一次看到狍子生存的恶劣自然环境，为它们惋惜。这样优美的动物不该遭到毁灭殆尽的命运。

兔子就是兔子

小时候我认为冬天的兔子是白色的，夏天的兔子是灰色的，它们之间没有大的区别。关于兔子的歌中也是这么唱的："灰色兔子胆子小，云杉树下拼命跑……"实际上兔子中还有欧兔、雪兔、东北兔……

夏天我到遥远的埃文基人游牧宿营地莫格德去。汽车向那里运送日用品和食品。道路是卫国战争之前修建的，坑坑洼洼、沟沟坎坎，还有用树干和树枝在泥泞地铺出的道路，没有桥梁——有的地方坍塌了，有的地方烧毁了。开车应格外小心。车速缓慢，到达目的地需二十公里。

太阳余晖在天空渐渐消退，暮色笼罩大地。周围是浓密的赤杨树丛、小白桦林、落叶松林，它们最早生长在这片光秃的土地，而今，它们已经把树枝伸向道路两旁的排水沟，把通行的道路挤得很窄，汽车经过时蓬松的树枝碰得沙沙响。我们仿佛走在狭窄的走廊，只能见到上面——晴朗的天空，两旁——幽暗的草丛。

和我一起坐在车厢里的还有退伍兵马里人维克托，他正在返回家乡和父母团聚。

司机打开车灯，车灯闪亮，四周顿时陷入黑暗。在树丛里不知是什么动物的大眼睛闪了一下，好像狼的眼睛。车灯照射了它们，它们生气了。"是鸟儿。"维克托解释。他是当地人，熟悉大森林和那里栖息的动物，年轻，还没长胡子，孩子般圆乎乎的脸，面带微笑。"这种鸟本身不大，可眼睛大得吓人！这是灯光引起的，平时眼睛正常……"我在阿穆尔河畔见到过这种鸟，它叫夜鹰，听到过它们晚上响亮的叫声。看见过它们飞行，像椋鸟那样大小，深灰色，喜欢在黄昏和夜里活动，因此叫作夜鹰。

骤然间，一只黑色的小动物跳到汽车车灯前，从道路中间飞快地跑了过去。"啊！啊！兔子。"维克托喊着，"快看！""怎么可能是兔子呢？这是黑色的呀！"——"兔子冬天是白色的，夏天是黑色的！我们这里的兔子就是这样！"

司机看到了兔子，加快速度，后来改主意了，关上车灯，兔子消失了。这是我第一次遇到东北兔的经过。大家都知道普通兔子的栖息环境：农田、林间小树林、森林边缘、生长柳树丛的河谷和泉源旁边。我本以为"东北兔"应该生活在南部针叶和阔叶森林中，没有想到在遥远的北方与它不期而遇。

我在拉兹列兹内的手工采金者驻地逗留一周，这里离阿扬四十公里。我了解了他们的生活、"资本主义式"新的经营方式，倡导者是瓦吉姆·图曼诺夫，他在科雷马学会了采金技术。新的经营方式的原则：受雇——卖身！哪里需要，就到那里干活；干得好，工资就高；如果愿意，连续干几昼夜都行；如有不同意见和要求某些权利，一概免谈。否则，一走了之，解雇前可领取一百二十卢布，而不是月薪八百至九百卢布。你想向谁告状，请便！这样的手工采金者劳动组合在那一时期建立并认为是"新生事物"，后来从历史上消失了。劳动组合的产量是国家金矿企业的二倍至三倍，因为自愿到那里干活的人为了挣钱不惜付出全部力量和健康。

我该离开了，汽车刚好也到了。司机名叫吉马，不到四十岁，快活、爱开玩笑，驾车技艺高超：玩儿似的转动着方向盘，同时还抽烟，不停地闲扯。他让我坐在驾驶室里，将要沿着非常恶劣的道路走十公里。采金者劳动组合所使用的是拖拉机，道路极坏，石块、被暴风雨摧毁的倒木横七竖八地堆在道路上。还要经过河流、小溪，穿越高山低谷，只有那些大功率的汽车能够通过，普通的汽车走上几公里就可能翻车。采金者劳动组合不大——四十人，由著名专家推荐才被录用，年龄三十岁至四十岁，有首创精神、精力充沛的人。我和他们当中的一些人相识，和吉马还交上了朋友，在路上他讲了关于他们的故事，给我留下了深刻的印象。

从阿扬飞来的飞机太阳落山以后才到达，运来两桶索拉油，一位乘客——年轻女大学生。她父亲来接她，他们立刻走了。他们的家是沿线上的通信员工作地点，离这里两三公里。天黑得很快，飞行员用帆布把飞机遮盖起来。

"伊万诺维奇，怎么办。"吉马问我，"我们返回去还是在野外过夜？"停机坪上没有遮风避雨的地方，只有帆布下面的一架飞机、两桶油和几箱罐头。而且夜里经常下雪！我钻进了汽车。

吉马开车凶猛，时而出其不意地陷入坑洼，吓得人气喘吁吁，时而在石头和倒木上东倒西歪、忽上忽下地颠簸，我们也随之左右摇摆。

晚霞消失了，天空布满星斗。两旁稀疏的树林中许多白色的斑点，仿佛刚下的新雪——鹿苔。这种青苔到处都有，是养鹿业必需的饲料，夏天鹿吃树叶、青草、蘑菇，冬天只吃鹿苔。白色鹿苔的细茎像多叶的小树。它们生长在阔叶树的稀疏林地、谷地、山坡甚至光秃的石头地和高高的秃峰上，形状如同大檐儿帽

子。出于好奇我从石头里拔出一棵鹿苔，根上带有泥土，说明善于储藏水分。

半路上，突然车灯前面出现一只兔子，不大、黑颜色，完全是个兔崽子。它跑着，不知道怎样才能逃出耀眼的光带，兔子使出浑身力气，最终没劲儿了，停了下来，也许是吓得不会动弹了。吉马猛然刹车，打开车门一把抓住小兔子，把它抱在怀里，脸上闪出幸福的神情。"吉马，你真棒！没想到那么灵巧，一下子就逮住兔子了……"——"兔子小，大的，就不这么容易了。送给我们的外科大夫，他会高兴的！"

我们到达了。斯捷番大夫——宽肩膀的健美男子，他抱着兔子真的特别高兴。大夫刚上班，还没有病人，他尽力干些力所能及的事：烧澡堂、换床单、帮助做饭。一句话——从清晨忙到深夜，虽然他是医学副博士、外科医生、高级专家。甚至在"田野"条件下能够做中等复杂程度的手术。他的诊疗室是一个用原木搭建的冬季小屋，雪白的床单、玻璃柜里的手术器械明光锃亮。

斯捷潘马上腾出一个空箱子，把兔子装了进去，"关在里面等它长大，然后放它走"

次日黎明我飞往阿扬，在那里等候从阿扬开往尼古拉耶夫斯克的定期内燃机船，人们站在岸上等待舢板，然后才能登上大船。这时候吉马开车送一位劳动组合的人，我们互致问候，我问："你的兔子怎么样？"——"啊！真正的惊险故事呢！您走以后，大夫打算喂兔子，一看，箱子空了，小傻瓜跑了，他满处地找啊，找啊——没有，斯捷潘医生非常伤心。走到门外呼吸一下新鲜空气以便恢复正常情绪。朝台阶下面一看：小猫正在和小兔子玩儿呢，交上朋友了。瞧，无奇不有啊……"

再也没有见到吉马，小兔子的命运不得而知。一般来说，东北兔比雪兔小，比欧兔更小。至于其他方面：兔子就是兔子……

诺亚方舟

在阿扬—迈斯基区我听到过关于诺亚方舟的稀奇故事。为什么稀奇呢？因为从前发表的关于寻找诺亚方舟，确切地说是其遗址的考察资料，一说在亚拉腊山，一说在古东方的某些地方。而如今——关于诺亚方舟的传说完全不是基督教诞生的地方，而是在地球的另一端。这听起来很像寻找新大陆那样神秘。

要到某些地方去之前，应该到区政府征得同意。我到区委会时没有其他来访者，区委会书记瓦西里·斯捷潘诺维奇·奥赫洛普科夫很高兴接待我。他身材不高，穿着黑色西装，显得更加瘦弱，埃文基人的体形大多数是这样。

瓦西里·斯捷潘诺维奇面带微笑，讨人喜欢，健谈，我们的交谈立刻就变得无拘无束了。

动身之前我详细地读了当地的报纸、文献，以便决定和什么人会见、一路上应注意什么、必须看些什么。奥赫洛普科夫、季亚齐科夫斯基、涅波姆尼亚希——这些姓属于雅库特人。"我就是雅库特人。"瓦西里·斯捷潘诺维奇回答说，"我妻子也是雅库特人，她的亲属住在勒拿河畔，革命前曾是知名人士、官员。现在也是……我从小就会说埃文基语，当时我们住在游牧人宿营地布鲁坎……""为什么你们区对旅游者的要求那么严格？每走一步都要问：到哪里去？去做什么？""三年前有一位彼得格勒的工程师失踪了。他一个人从齐潘达到破活火山孔焦尔去，再也没有回来。他的工作单位是涉及国防机密的某个研究所。领导要求全力以赴地寻找他，我们动员了养鹿人、猎人找了一个夏天直到下雪也没有找到。也许被野兽给吃了，也许遭到其他意外，而森林那么大，寻找一个人不仅很难，几乎是不可能的。没有组织的旅游给我们造成很大的麻烦。"

"人们对我说你们这里发现了诺亚方舟，怎么回事？是编造的吧？"奥赫洛普科夫哈哈大笑，说，"在某种程度上说——是的，是诺亚方舟！在尼尔坎，很久以前有过一个教区，神父经常看望养鹿人、给孩子们举行洗礼、给成年人举办东正教圣餐仪式。神父特别积极地从事这些活动。您可能注意到了：这个区的所有埃文基人都姓俄罗斯人的姓，而且还不是伊万诺夫、西德罗夫这类普通的姓氏，还有很多载入史册的俄罗斯著名活动家的姓氏，例如，卡拉姆津。同时神父还向他们讲了《圣经》故事，其中包括诺亚方舟——诺亚为避洪水而造的长方木柜形大船的故事。年老的养鹿人把这个传说信以为真。他们为了未来的安全决定：召集人们用鹿向山上运送原木，编成木筏，他们说：一旦发生大洪水，他们登上木筏即可得救。从那时起过去一百年了，没有发生大洪水，原木腐烂了，木筏破碎了，人们发现了这些残迹，就出现了传说……"

他再次哈哈大笑，摇着头似乎对发生的一些事表示惊奇："……不久前，科什金，他在消费合作社工作，竟然发现了猛犸的骨骼。他从库伦乌里亚赫沿马亚河顺流而下到尼尔坎，发现岸边的陡岸上有骨头，仔细一看，是猛犸的腿，而猛犸的骨骼还埋在土里，没有动……您去尼尔坎的时候让他亲自告诉您，肯定特别有意思……"

我希望沿着《战舰巴拉达号》的作者冈察洛夫走过的路线，穿越朱格朱尔山脉，冈察洛夫说他雇了两个雅库特人把他拖到山上，而我刚刚五十多岁，能否背着背囊自己登上山峰呢？我问了一下路途情况。"这未必可行。"瓦西里·斯捷潘诺维奇回答，"那里不是路，而是驮载的马和鹿踩出的羊肠小道。半个世纪没有人走，长满杂草，小道早就看不出来了。需要向导，可年轻人不知道这条小道。您只能乘飞机去……"

两年以后我穿越了朱格朱尔峰，当然走的是另外的路线，路途的确十分艰险。

又过了二十多年，在破活火山附近发现了金砂矿床、白金矿床以及其他金属产地并已开采。最为罕见的是：找到了天然白金块——一块重三点八公斤，另一块稍小。黄金年产量数百公斤。此外，木材、养鹿业、捕鱼业、海产业、农业都很发达……

麝鼠等待什么呢？

阿穆尔河河畔——悠闲漫步最好的地方。早晨我和妻子去看流冰。河面平静，只有最湍急的地方有散在的流冰，河岸边堆积一些被风吹裂的冰块，冰块因夹杂泥沙黑乎乎的。不知道为什么脑子里闪出的流冰很像一九四五年冬天敌人撤退的画面：敌人沿大路整队整队地撤退，大路两旁很多被炸毁和被烧焦的武器、翻倒的马车、被打死的马匹、废物和乱七八糟的杂物……

眼前，河里大量的水排已经撤退，留下"主流"冰排剩下的散在冰块，它们将渐渐融化，如同大路两旁敌人扔下的残迹将逐渐被烧光一样……

流冰缓慢，无精打采的，没有往年那样气势磅礴。春天姗姗来迟，仿佛给冬天以最小的损失撤退。无论三月，还是四月都没有阳光明媚、温暖的天气。不仅大河融化缓慢、春寒料峭，而且，由阿穆尔河及其支流供应水分的田地、森林、山脉也因冬季雪少而缺少生机。春水极少，无力冲开冰层。四月二十三日乌苏里江苏醒了，流冰闯进了阿穆尔河，通常水位升高二米至三米，而今年勉强超过冬季水位。

市民们焦急地盼望流冰的壮观画面，这一次辜负了大家的期望：看不到流冰壅塞、大的冰块一块推着一块流淌，听不见冰面碎裂时咔嚓咔嚓的响声。

冷风掀起外衣的下摆，吹得脸和手冰凉。不过，很难说阿穆尔河什么时候不刮风，一年四季都有风。一些老住户试图找出规律：秋天大马哈鱼游来的时候、冬天结冰的时候、早春流冰的时候，然后开始春夏交替时的旱风。结果，当温暖、清新的和风拂面的时候，人们竟然没有察觉。人们希望在割草季节刮起大风，驱走讨厌的吸血的小飞虫，使大汗淋漓的身体感到凉爽。割草的时候，高草被大镰刀锋利的刀刃割断，大风顺势将草吹倒，整片的草海令人心旷神怡！

岸上铁栏杆旁挤满了人，不约而同地向下面看，和当地人一起的还有两位拿着照相机的日本女士。我们也往下看：在七米高垂直的高墙下，在略微露出水面的石头上有一个褐色毛茸茸、圆乎乎的东西。起初我以为是谁的帽子掉下去，现在不知道怎么去捡。可是"帽子"突然动弹了……"老鼠，找到躲藏的好地方了！""吃得够肥的，看我怎么打死你！"有人打算用碎石砸下去。妻子从我身边挤到前面向下看，问我："是什么动物？""好像是老鼠。"我回答，"比老鼠大。蜷缩着，看不清……""啊！是麝鼠。""像是麝鼠！看不见尾巴，麝鼠的尾巴很粗，像三角锉一样是三棱的。两个后掌又厚又宽，还有蹼……"

我刚一确认："麝鼠！麝鼠！"两位日本女士立刻叽里咕噜说着什么，可能动物的名称在各国都一样。人们天生对老鼠、青蛙等厌烦。我曾见过因为不认识、错误判断而把麝鼠给误杀了的事例。乍一看，麝鼠是像老鼠。我对青少年们说："孩子们，请不要打扰它们！麝鼠不是老鼠，它们吃草，对人没有伤害。是有益的毛皮兽。可能为了寻找新的栖息地跑到这里休息一下……"

春天，是动物越冬后，繁殖新一代前寻找适宜栖息地的时节。麝鼠或者需要在长满杂草不冻结的水池用草搭成"小屋"，或者在有高堤坝的水库挖洞，洞口朝向水面。麝鼠还喜欢在废弃的露天采矿场"安家"……主要饲料——多汁的水草——宽叶苔草、香蒲、睡菜、慈姑和其他。夏天在别墅我见过麝鼠晚上出来觅食。它的洞周围有很多草，它不去动，而是到河湾彼岸去吃草，吃饱后满嘴叼着长长的青草回到窝里。夏天结束时小麝鼠长大，可以独立觅食了，老麝鼠又开始忙着给子女安排"新家"。

诺
亚
方
舟

有时候没有吃的了，麝鼠就在大白天外出找草。

大家都明白了，开始散开了，麝鼠——没有什么稀罕！我们也走了。临走前又向下看了一眼：麝鼠仍在原地待着，疏松的、零散的冰块从它眼前流过，它不屑一顾。西北风凛冽，驱赶着形状模糊的乌云。大鸥在河上方掠过。麝鼠等待什么呢？为什么不离开呢？它可以随着任何一个冰块漂走，甚至漂入大海。然而，如果麝鼠在冰块上，蛮不讲理的乌鸦或者老鹰会把它抓走，而在高墙下面的石头上则安全许多。也许它在等待自己的时刻——黄昏，像我们等待黎明吃早餐一样，饭后上班工作以便挣钱养家糊口。为此每个人都有自己的时刻：有人在白天、有人在黄昏、有人在深夜……

有"思考"能力的胡蜂

旭日东升，霞光万道的早晨，我们全家坐在树荫下喝茶，周围洋溢着节日的气氛，那一天是个节日，似乎是圣灵圣神降临节。我坐在木板桌旁，用小茶杯一口一口地喝着茶。突然一击——真正猛烈的一击，耳朵后面仿佛被电流击了一下。我从长椅上跌了下来，拼命地喊叫。我被胡蜂蜇了，这是我第一次知道这种昆虫。

割草季节我和几个男孩子到因河的支流去，在森林密布的陡峭两岸之间河水慢慢流淌，勉强看得出水在流动。绿色的小蜻蜓和某种蓝色甲虫在河面上方飞来飞去。白粉蝶、浅红色的蜉蝣、蓝色的小蝴蝶在白芷和石松的伞形花序上轻盈穿梭。岸上的枯树枝头一只祖母绿颜色的翠鸟正守候着小鲹鱼呢！

天气闷热，草的霉烂味道令人窒息，到河边去会好一些。岸上生长着茂密的白蜡树、榆树，枝繁叶茂的稠李树，向河面弯垂并且缠着灰色蜘蛛网的野苹果树。

小伙伴们叫我："你快来看，多么有意思的蘑菇！把手指伸进去！""干什么？""你马上就知道了，不敢了吧？"事情是这样：在老榆树的粗糙枝皮上胡蜂筑了蜂巢，出口在下面。为什么不敢！其实这伙男孩子已经知道是什么，他们等待出现奇迹的时刻。我伸进手指，又薄又软的一层皮破裂了，里面乱动、沙沙作响，褐色大胡蜂钻了出来。我们撒腿就跑……

可能很多人在灌木林采水越橘和在别墅采醋栗的时候都遇到过黄蜂。在核桃树的树枝上黄蜂筑起灰色圆形蜂窝，里面住着十几只黄蜂。它们像蚂蚁一样绷紧、伸直身体，腹部中间有黑褐色横纹，背部有窄长的翅膀。黄蜂与蜜蜂不同：蜜蜂只要蜇过一次，自己就会死亡，而黄蜂和胡蜂能够多次蜇人。蜜蜂的家族很大，大自然限制它们自我保护的机会。黄蜂和胡蜂的群体较小……

我们这里也有穴居黄蜂，夏天居住在干草、洞穴里。人们把干草扒到一起时，无意中碰到蜂窝赶快跑，否则会被蜇伤。

胡蜂居住在一起的群体比黄蜂大一些。冬天，蜂王隐藏在老树的树皮或缝隙中越冬。春天刚一转暖蜂王就飞出来开始筑巢。蜂王的颌骨非常尖锐，能够把老树或枯树腐烂的树根咬碎，用这些碎渣建造蜂房。一开始先造一个不大的空球，为了安置幼虫。

这第一步对于蜂王来说也许是最困难的。然后当幼虫长大会飞了，它们便承担起筑巢、为新一批幼虫叼回食物、保护后代的责任。蜂窝很独特：筑成一个像薄饼似的片状物，使幼虫在上面能够垂直躺着，一个紧挨着一个，很像向日葵头盘上的葵花子挤得满满的。片状物可以增加，多到十个的时候，蜂巢就达到成熟的南瓜那么大了。胡蜂在各蜂房之间飞来飞去。

胡蜂也像黄蜂一样吃花粉和花蜜，为了幼蜂健康成长，还要喂其他食物。当夏末、秋初各种花凋谢时，在家里的餐桌上经常看到胡蜂和黄蜂。黄蜂厚颜无耻地飞到盘子上，在餐桌上寻找剩下的鱼、肉残渣，衔到嘴里飞走了。此时千万注意：不要在吃面包或喝汤时，把黄蜂一并吞下去。有一次我正大声说话，黄蜂竟然两次咬了我的舌头……

胡蜂经常抓住飞往蜂房的蜜蜂或其他昆虫。养蜂人看见哪里筑有胡蜂的窝，就把养蜂场建在离它们远远的地方。

记不得在某期的《科学与生活》杂志上昆虫学家们发表的文章中对胡蜂加以赞美：为了观察胡蜂，他们搭起帐篷，胡蜂就在他们的头顶上方做窝。整个夏天昆虫学家们与胡蜂和平相处，人们工作、吸烟、睡觉，而胡蜂在他们头上飞，一点儿都不打扰。胡蜂似乎认识帐篷住户的脸。只要有陌生人出现，哪怕离帐篷还有二米至三米远，胡蜂也会以进攻的姿态出门迎接。胡蜂是否具有某种"思考"能力呢？

有一次，赫霍茨尔自然保护区主任米哈伊洛夫请我到齐尔卡河去。这是乌苏里江的支流，流经南部山脉。那里必须有能够过夜的住处，因为当天赶不回来。我到了集合地点。

职业猎手斯洛博齐科夫——哥萨克人的后代，瘦削、面孔黝黑、留着小胡子，喜欢抽用马合烟自卷的纸烟。他很乐观、很随和。我们互相握手问候之后，他立刻对我说："在一个旧的避弹所他偶然发现一只獾子，现在他打算把它带走然后放回大自然中。"

"您想看一看吗？"我点头表示同意。他把我领到离办公地点较远的仓库，他从箱子里取出一个旧麻袋，一看，怎么空了呢？跑了？没有能够逃出去的洞啊！我们把门关严，找遍各个角落，在墙角和一堆货物的缝隙之间找到了獾子。

齐尔卡河静静的河水，河的一岸是布满森林、带有缓坡的山脉，另一岸是草地和小树林。将近黄昏时我们到了目的地，小屋宽敞、明亮，有四张军用铁床，铺着深色毛毯。主任和职业猎手睡在床上，我支起小帐篷睡在干净的地板上。

夜里让獾子自由活动活动，在屋里走一走。起初它到厨房躲藏在碗柜和墙壁之间，夜里它出来了，我听见它在地板上轻轻地走着，吃食时发出的响声。深夜我感觉露在帐篷外面的手指被舔了一下仿佛想尝尝什么味道。蒙眬中我猛地缩回手，獾子立刻跑到角落里默默地待着。

早晨我们到河边去洗脸，回来时看到獾子躺在职业猎手的床上以此"报复"欺负它的人！我们准备做饭，挂在墙上的铁锅成了胡蜂的窝。我们决定把它们赶走。往旧水桶里倒了索拉油，把破棉袄的一只袖子扔到桶里，点火，立刻冒出浓烟，整个蜂窝被烟笼罩，胡蜂嗡嗡叫，浓烟呛人、刺痛眼睛，随便找点什么遮挡一下脸，用各种工具对飞走的胡蜂连打带轰。

胡蜂顽强地与烟搏斗，用翅膀灭烟，飞到外面呼吸一下新鲜空气，再飞回来换其他的胡蜂出去，飞行时胡蜂虽然很努力，但失去了灵活性，身体沉重。我们已不担心被蜇，尽量把它们消灭。垂死挣扎之后活下来的勉强飞到树林中去了。

我们把冒烟的铁桶扔出去。把蜂巢拿下来，里面有来不及逃走的幼虫。獾子对此颇感兴趣，不管不顾地叼走了。獾子——腹部白色、两侧灰色、从鼻子到尾巴的背部有黑色条纹、尖锐的白色牙齿、可爱的翘鼻子。吃饱喝足的小动物不再害怕我们，我们把它抱到河边，给它找新的栖身之地：附近有河、有森林。河里有青蛙、森林里有蜗牛，还有冬天的洞穴。

大自然创造了有家族关系的生物社会，使之有可能维系族群，繁衍后代。这早已被很多科学家证实。唯有我们的哲学家皮萨列夫另有高见，他认为：为了人类的生存和幸福安康，应该把值得赞扬的蜜蜂的组织性运用到社会关系中。但是人——不是蜜蜂，人们当中很多人向往成为顶尖人物，不愿意担任工蜂的角色。这不能不说是一种遗憾！

"白色补丁"旳偏口鱼

诺亚方舟

我们通常习惯看到旳偏口鱼是扁平的，两只眼睛集中在头部上方的一侧，嘴有点歪斜，它把自己变成典型的水底鱼。要知道，曾几何时它完全不是这样的，和其他的鱼类一样想游到哪里就游到哪里。

我不知道人们怎样使用拖网捕捞偏口鱼，只知道钓鱼爱好者特别珍惜这种鱼，大多数人使用水底钓竿，拴着两个鱼钩的钓鱼线，把碎鱼肉挂在鱼钩上做诱饵。在瓦宁湾我看到这样的场景：小船上坐着一个钓鱼者，手里举着钓竿，面前摆着水桶。他几乎每分钟都要往水桶里扔进粉红色鱼腹的大偏口鱼，刚刚扔完这两条，下两条又上钩了。我自己也想试一试，乘坐内燃机船从阿扬湾出发，挂着鱼饵的钓钩还没有沉下水底，两条偏口鱼或者一条偏口鱼和一条鲈鱼已经上钩。就好像是鱼从大锅跳到小锅里似的。这样钓鱼根本没有意思，完全没有赌徒输赢的那种刺激！主要的——无法体会：上钩了？没上钩？那种好奇的心理！

很久很久以前，偏口鱼和其他鱼没有什么不同。直到……

俄罗斯少数民族埃文基人中间有这样一个传说：一个猎人在森林里打猎多日，可什么动物也没有打着，他又饿又累，勉强撑着走到海岸。算他走运，在石头之间的水洼里有一条又大又肥的鱼，显然是被浪涛抛到这里的。这条大鱼足够解决他的饥饿，而且还绰绰有余，他抓起鱼刚想用刀切开鱼腹，突然想："万一这条鱼是最后一条呢？是唯一的鱼种呢？我杀了它再也没有鱼了呢？其他人吃什么呀？"想到这里他决定：把鱼放回大海，可是饥饿难忍，他仔细地从鱼的侧面切下一片鱼肉，然后缝上一块白桦树皮，像手术后植皮那样。从此偏口鱼为了不想让其他鱼看见有"白色补丁"的这一侧身体，它平卧海底。在成长过程中两只眼睛和嘴逐渐向头部上方移动，就变成了现在的样子。

这个传说是阿扬—麦斯基区的老住户奥赫洛普科夫向我讲述的。从此当我看到偏口鱼时，不禁想到从前、几个世纪以前，尽管人们愚昧无知，把好端端的偏口鱼变成畸形，但是他们对待大自然的态度远比我们理智、宽容。我们则贪得无厌，无情地掠夺大自然，目光短浅，不瞻前顾后，好像我们生活在地球末日：既然明天人类将毁灭，那么就让一切都烧光吧！至于我们将留给后代什么——无人关心。凡是能够攫取的都要攫取——不受良心责备，仿佛早已丧尽了良知。

圣洁的银白杨

十月，天气阴沉沉的。布满天空的灰色浮云低低下垂，一片昏暗。只有在广阔的阿穆尔河河滩地上方露出云中的一线光芒。而这条窄窄的光亮在赫霍次尔山的峭壁上猝然中断了。

浓重的白色大雾从鄂霍次克海袭来，雾霭蓬松的、毛茸茸的碎片缠绕在农舍的屋顶，被风吹得树干弯曲的落叶松的树梢，急忙靠岸停泊的小船的桅杆上面。在这条明亮的缝隙中海鸥飞来飞去，它们既不想落到水上，又不愿意飞向雾沉沉的天空。

阵阵清风，毛毛雨滴落在脸上。昨夜一阵秋雨后空气湿润，道路泥泞，周围被晦暗的灰色笼罩，仿佛寒冷到来前的万般无奈。沥青路上的水洼闪出暗淡的反光。

在阿穆尔河畔聚集着一些小船，它们像等待返回温暖畜栏的牲畜那样偎依在一起。白杨光秃秃的，湿漉漉的落叶覆盖大地，白杨再也表现不出往日的妩媚，我们这里通常举办的秋季狂欢节今年没有举办。

我和妻子沿河畔往回走，虽然是星期天，行人却寥寥无几。

在体育学院对面，公园的入口处有一棵树引起我的好奇：从外形上看像是普通的浅绿色树皮西伯利亚白杨，这棵树年轻、细嫩，树上长着的叶子和同类树种没有区别。但是落到地上的叶子却完全不同：不是椭圆形的，而是看上去像揉皱了的白纸那样的大叶子，形状类似槭树的叶子。叶子的正面黄色、光滑，背面带有茸毛、纯白色。

仔细观看发现：树干在大约两米高的地方，树皮不是垂直的裂纹，而是布满环状、菱形、三角形的斑点，树皮斑斑驳驳，仿佛人脸上的麻子。

奇怪的是落在地上的树叶，白色的背面朝上，是否由于叶子弯曲成弧形的缘故呢——我不知道。大自然中很多奥秘是外行人难以理解的。

我认识的林学家乌先科很多年前对我说过：在我们城市里除了常见的白杨以外还有银白杨，甚至指明它就生长在我上班的马路边上。此刻我又看到了另外一棵！我们收集了几片白色、湿润的叶子，不知为什么，放在手上很舒服，很轻柔，形状和颜色都很美。回到家里立刻翻开乌先科写的《远东的乔木、灌木和藤本植物》一书，奇怪的是没有查到银白杨。书中介绍了西伯利亚白杨、马氏白杨、乌苏里白杨……至于银白杨——只字未提。根据植物标本判断：银白杨也许是被称作马氏白杨的"阿穆尔"白杨？不，不是。最有可能的是：某个变种，甚至不是白杨而是槭树。如果是槭树，那么绿色树皮的槭树结下的翅果到哪里去了呢？

现在还没有答案。幸好在我们城市里这种树木样本不止一棵，在体育场、公园、马路旁还有几棵。银白杨富有圣洁的美，当之无愧地被称作:"银色的"。

阴天开放的蒲公英

蒲公英通常阴天是不开放的,鲜艳的花瓣蜷缩成绿色的小筒,仿佛睡眠状态。这里连续很多天天空晴朗,伴有热风。然而顷刻之间下起了蒙蒙细雨,乌云遮盖碧空,而且愈加浓重。在这样的阴雨天,蒲公英的花瓣儿竟然开放了,宛如可爱的小太阳。显然蒲公英多日缺少水分,渴望滋润。看来植物的习性也有例外。我是这样理解的。

这一微不足道的现象让我联想到俄国画家费多托夫(1815—1852)的绘画作品。他画了很多小幅风俗画,例如《小寡妇》《贵族的早餐》《苛求的未婚妻》等,不过使画家获得极高知名度的画当数《少校求婚》。画家细腻、精致地绘制了这幅画,雕琢每个细节:装有玻璃饰品的灯罩,隐约看得见的烟熏痕迹。我认为:没有这样的细节,风俗画就丧失了魅力。《少校求婚》的画面表现的是——媒人带着未婚夫到富商家相亲引起的一场慌乱:事先已知此事的未婚妻打扮得花枝招展,由于害羞想临阵脱逃,喊叫着:"哎呀,我的妈妈!"妈妈扯住女儿连衣裙的下摆,说:"傻瓜,你往哪里跑?"当然画面上没有语言,只是从嗫着嘴唇的表情读出这样的意思;站在门口的媒人向主人频频行礼问好;富商的手指不听使唤,怎么也扣不上礼服的纽扣;少校在迈入门槛之前从容地整理一下本已毫无挑剔的服饰,他老谋深算,摸着小胡子，暗想："你们的钱财很快就归我所有了！"

画家对这幅画做了富有寓意的说明：在某监狱太阳照不到的角落有一朵小花渴望见到阳光，它向太阳抱怨，说："太阳根本照不到它，它不得不一直生活在阴暗地方。"当然大家都知道，这朵小花指的只能是蒲公英，不然，还有什么植物能够在如此恶劣的条件下生存呢？只有蒲公英能够在石板和石板之间的缝隙中或者在被踏遍的草径边缘上生存！太阳听到这样弱小植物的哀诉后，查看监狱各个地方，甚至最偏僻的角落，但没有发现太阳照不到的阴暗地方。于是太阳激动地喊着："哪有什么阴暗角落？"——"只不过是太阳像树墩那样在那里一动不动！"……

无法破解的大自然的魔法

圣母帡幪日下起初雪，按季节算到时候了，当然雪不大，太阳一出雪就融化了。冬天仿佛安慰人们有足够时间准备迎接过冬。半个月后又飘起了雪花，勉强覆盖了大地。十月二十八日深夜，冬天出现在"眼前"，蓬松的雪片飞扬，还称不上鹅毛大雪。早晨周围白茫茫一片，空气无比新鲜。我们小花园里的灌木和苹果树披上白色的面纱，金银花蒙上了婚礼的头纱。太阳高照，光芒洒向树林，地面上的阴影斑斑驳驳，白雪有些刺眼。晚些时候，阳光减弱了，但是，仍然能把屋檐底下的冰柱融化，冰水滴答滴答地向下滴。

我们去旅行，去呼吸新鲜空气，欣赏奇妙的雪景。初冬即将降临，那时只能坐在火炉旁而不愿意外出了。雪在我们眼前融化，蒸发，湿漉漉的树木、灌木恢复了深秋固有的灰色，瑟瑟秋风阵阵袭来，刹那间把树枝上还保留水珠的苹果树吹得冰冷。我默默地看着眼前的景色，不指望在司空见惯的画面中看到什么奇迹。树枝在风中摇曳——突然！……当你什么都不指望时，经常出其不意。在小花园深处的树枝之间突然闪出刺眼的蓝色火花。不是在漆黑的夜晚星星在白雪上闪耀的光点，而是更大更亮。

"快看。"我拍了一下妻子的肩膀并指着那个方向，"蓝色火花！"

"看见了，绿色的，看，颜色又变了，现在是红色的，像克里姆林宫上的红宝石！太美了……"

太阳光折射在冰块上，微微晃动，冰块便闪出不同颜色，像彩虹一样，光点凝聚就显得又大又亮。

大自然如此万能，在一瞬间改变自己的面孔，改变悲凉、毫无生气的画面。在旅行过程中当遥远距离和诸多不便威胁我的时刻，我目睹了这种画面。

我和一位朋友乘坐小船沿布列亚河航行到正在建设的水电站，纯属好奇。半路上河右岸高大的峭壁索博尔山旁出现了落差很大的水流湍急的石滩，水声隆隆。人们警告过我们，建议沿河流较宽、水深、小船触礁的危险较小的左岸航行。小船破旧，船底和船舷都因腐烂而修补过、油漆过，竟然抵挡住大浪的冲击没有翻船，把我们带到宽阔、平静的深水段。紧接着又下起了雨，可是在一百米高的山坡上没有雨，树叶枯黄的树枝上挂着雪片。

距离小村还有二十公里，也许更多一点，只有那里可以遮风避雨，尽管年久失修可能毁坏、坍塌。恶劣天气不仅影响我们，也影响大雁、天鹅和白鹤。鸟儿蜷曲成一团，很像一团团冲向岸边的泡沫。恶劣天气如同其他灾难一样使动物和解，临时放弃敌对的本能。

我们被雨淋透，冷得浑身发抖，多么想找个地方休息一下，暖和暖和，把衣服烘干，哪里有这样的地方呢？小屋已经废弃，屋顶塌陷。小屋是在十九世纪盖的。当时沿布列亚河发现金矿，采金的人上千，必须给他们运送食品。夏天用船，船夫用长竿撑船或用桨划船，更多的是用纤夫沿着纤道拉纤使船航行。冬天用雪橇或骆驼。这样漫长的行程需要休息，因此为他们盖了小屋——过冬住处，在那里休息、取暖、睡觉、躲避恶劣天气。

我们的运气不错，附近找到了一个小屋，里面有火炉，我们暖暖和和地睡个好觉，重又感到生活的乐趣。第二天早晨我们到户外看一看：太阳透过轻纱般的云层照射蒙着白雪的山峰和我们小屋旁边光秃秃的灌木丛。褐色的小树林单调、毫无魅力。然而大自然给它们点缀上耀眼的、华丽的光环。看上去闪闪发光，然而发光的不是小树林上面豌豆般大小的冰珠，而是仿佛有一只慷慨的手把碎钻石撒在光秃的树枝上面，在太阳还没有把光芒融化之前，五彩缤纷的光亮一直闪烁。这种美景实属罕见。

大自然的创造无穷无尽，人，无论发挥多么大的想象力都难以企及，无法破解大自然中哪怕最微小的魔法。

永世不离不弃缠绕的藤蔓

秋天我带儿子和两个年龄与他相仿——将近五十岁的男子汉到森林中去。

沿着远离大道勉强看得出的车辙艰难地到达了幽僻的森林，在那里安排了临时宿地。这已不是原始森林，经过两次砍伐，四十年前砍伐了针叶林，不久前砍伐了白蜡树林。虽然如此，但森林依然苍郁，仿佛处女林似的。层林重叠，高低错落。到处生长着白桦、冷杉、白蜡树的幼林，它们正在和老树——树皮粗糙的黄桦、树干粗壮的椴树、挺拔的雪松试比高低。在有水的地方河柳丛林一片葱翠。

我的旅伴们喝了茶，随便吃了点什么，拿起背包跑出去采五味子。藤已经从树叶上脱落，从远处就能看见阳光下红色的果实。森林中很多昔日被暴风雨折倒的树木，不久前砍伐后残存的剩余物：小树的树梢、枯干树枝、没有来得及运出的腐烂树木——上面长满匍匐植物、青苔。榛树丛、刺五加、野蔷薇被狗枣猕猴桃、野葡萄树、五味子的藤蔓缠绕。

"爸爸，你看，我找到了什么！"——儿子递给我一个半米长很重的东西，显然用刀把它切下来没少费劲。

我们从前也找到过类似的稀奇之物。这是五味子——它的藤蔓创造出这样的稀有物。五味子生长过程中，起初是脆弱的细茎向上伸展，寻找某种支撑物。偶然接触到另外一棵树，它的藤蔓就紧紧地缠绕在树干上，从此它们之间的"亲密接触"开始了，直至生命终结。

五味子竭尽全力向上生长，更多地接近阳光，它的支撑物开始为自己的生存而斗争。或者，藤蔓不放松对树干的拥抱，用茂密的树叶遮挡阳光，妨碍树干长粗，缠得树皮伤痕累累，或者，如果树木强壮，像白蜡树，而不是冷杉、云杉，将挣开五味子藤蔓的缠绕而获解放。并非无缘无故地把五味子叫作"树木杀手"。我们森林中还有其他藤本植物——狗枣猕猴桃、野葡萄树。

狗枣猕猴桃树更像灌木，树木坚硬，茎细长，向下弯曲，攀附临近的灌木作为支撑物，但不缠绕，仿佛爬在其他灌木上似的。野葡萄树的藤蔓通常很粗，叶子蓬松，像幕布一样覆盖在其他的树上，不是缠绕而是用细长的胡须攀附其上。为了寻找支撑物胡须可向周围伸展，胡须的顶端部分叉，像蛇的舌头一样。藤蔓很敏感，用手指碰它一下，立刻卷曲起来。野葡萄树生命力顽强，甚至干枯以后还能够把接力棒代代相传。

温和的云杉和冷杉用自己的方式抵抗五味子藤蔓的缠绕。它们屈服、容忍藤蔓割痛自己的树皮，同时满身长出树瘤，致使五味子难以呼吸，最终死亡。

大自然中还遇到过这样的现象：柔和的山杨生长在苹果树旁，苹果树坚硬的树枝扶持着山杨的树干，山杨茂密的树叶为苹果树枝遮风挡雨，它们相互偎依，永世不离不弃……

冰花——大自然的奇观

十月末在前往穆亨山峰的途中有机会看到了冰花。大地表面

五味子的藤蔓缠绕在树干上面

诺
亚
方
舟

开始冻结，在干枯的草的地下还保留一定的温度。寒气从草茎之间的空地、从石块和草根下面挤出水分——形成一束束白霜，多刺的冰花，有的地方形状仿佛弯曲的冰带，纤细而透明。在晨光照耀下它们像溢出的泡沫闪动，深秋大自然的造物令人赏心悦目。

从那时起过了几十年，突然收到植物学家巴布林写的《赫霍茨尔地区物候学》一书的手稿，希望提出意见。书中他写到：秋天从赫霍茨尔山返回的途中他看到了冰花，形状如弯曲的叶子，贴在某种干枯植物的茎上。巴布林和同事们对这种花很感兴趣，把它从冻得不深的土层挖了出来，这种植物的根粗壮，还没有冻，能够继续把水分供应给枯萎、已经被冻伤的四棱茎，水分从枯茎中流了出来，遇到骤冷冻成弯曲的薄薄的叶片。巴布林和他的同事们已经为这一现象想出了名称："巴布现象"——用这位植物学家的姓中的前两个字母。但是这种植物在文献中已有描述，当然，发现的功劳已不属于他们了。

大自然在深秋微寒时刻经常展现类似的奇观！

呼唤伴侣的马鹿

我们边疆区南部雪松—阔叶林里敏感、谨慎的马鹿却生活在遥远的北方，南方的森林不如北方的森林。南北界线不很明显，假定性的以阿姆贡河谷为界。那里取代雪松、黑桦、榆树、白蜡、椴树、橡树的是落叶松、白桦、山杨、冷杉、云杉、红松。那里的橡树几乎像是灌木，尽管按照树龄已经成熟，能结出果实了。

马鹿不喜欢爬上山峰或者清一色的茂密针叶林，喜欢山峰和河谷之间的狭窄山谷，那里生长着很多针叶树种的幼林，细嫩树枝是最好的食物。冬天马鹿吃柳树和山杨的树皮，为了剥下树皮马鹿甚至能够登上所需的高处。

秋天马鹿发情期非常痛苦，疯狂吼叫，叫声无法与任何声音比较，听起来心如刀绞。九月，繁星布满天空，夜间寒气袭人。清晨难以立刻分辨，草上覆盖的是露珠还是冰霜。白天把动物咬得难以忍受的蚊虫夜晚安静了。寒冷铺天盖地。这样的夜晚马鹿为争夺雌鹿与情敌互顶犄角、疯狂嘶叫。为了决斗马鹿选择开阔场地毫无障碍地进行。有时候两只马鹿打得不可开交，姿势非凡，很像骑士们做出的骑术特技表演。

静谧的金色黄昏，太阳缓慢地落到多林的山巅，太阳逐渐扩大，接近地面仿佛想要吮吸大地的浆液似的。红色大球挂在落叶松尖顶的树梢上，染红了山脊和开始变黄的橡树林，慢慢融化了。温暖的红色消退，随之而来的是灰色、淡蓝色，寒气逼人……腼腆的星星刚刚露面，料峭的寒风从覆盖白雪的远山吹来。

我们谛听酣睡大地的寂静。果然听到了声音。从阿姆贡河大桥附近的河谷传来马鹿急切的呼叫，这种曼声的、高亢的呼唤似乎不是从马鹿的喉咙发出的，而是号召战士们集合的银质军号。声音逐渐停息，紧接着好像恢复了力气，再次呼叫，再减弱了些。马鹿叫了两次停住，仔细听一听是否有回音。重新呼唤。在两公里左右的某个地方，另一个马鹿发出回音。

"好啦。"住在离另一位电力线路维修工二十五公里的电工对我们说，"马鹿特别敏感，互相听见了呼叫。现在它们将在大桥附近见面开始决斗。哪只马鹿的四条腿力气大、脖子结实，它就是赢家。腿站不住，犄角顶不过对手的就赶快跑……"

在黑得伸手不见五指的树丛，马鹿见面了。它们的方向感特强，好像有人用绳子拴着它们走似的。我确信这一点。有一次，也是这个季节，我和儿子在泰马河畔过夜。夕阳落山，满天星斗，传来马鹿喊叫，声音遥远，隐约能够听见。和我们随行的是一位被雇用的职业猎手，他拿起枪并模仿马鹿的叫声作为回音。

我们躺下睡觉。夜间很冷，不盖棉被会挨冻的，天刚蒙蒙亮，小伙子到外面点起篝火，表示对长者的尊重。

"爸爸。"儿子叫我，"马鹿来过了！"我们钻出帐篷，在不知是露水还是霜覆盖的草地上留下黑色的踪迹。马鹿准确无误地应着猎人的呼叫找到我们的帐篷，显然没有遇到对手使它吃惊，稍等片刻，听了听有没有动静，围着帐篷转了转，怅然若失地回到森林中去了。

我不知道还有哪个季节比这有声有色的九月更美妙的白天和夜晚！大地进入梦乡，万籁俱寂；森林披上节日华丽的盛装：金黄色、红褐色、鲜红色；远山山坡仿佛燃遍不冒烟的山火。早晨突然刮起凛冽寒风，被风吹落的树叶纷纷扬扬。落叶松的针叶铺在地上一片金黄，和原有的各色落叶一起编织成魔毯。这个季节从北方飞来成群的大雁，它们的叫声已经不像春天那样热情洋溢，而是充满离别的悲伤，凄凉触动心灵：生命中的一年又要过去了！

马鹿在发情期不够谨慎、不顾危险，现在重又在树丛里躲藏起来避免受到伤害。夜里马鹿来到险峻的悬崖，那里能够逃避狼群的包围，逃生的希望寄托在敏锐的直觉和快腿上。冬天马鹿经常躺在安静的山坡晒太阳，冬天对于不冬眠的动物都是艰难的季节。它们不得不日夜奔走寻找饲料，而且还担惊受怕。好心的人们夏天准备一些干草，堆在木棚下，冬天饥饿的动物能够找到吃的东西，不过这种好事并不多见。

尽管如此，马鹿最难过的莫过于夏天。它们换掉老的鹿角，长出新的。新的鹿角起初是软的、充血的，上面有亮晶晶的绒毛，这种新角容易被伤害，必须好好保护，蚊子、牛虻、蠓虫叮咬——马鹿难以忍受。当鹿茸成熟之前马鹿在栖息地休息，只在夜间到水塘去吃多汁的水草，站在深水中使身体清爽，有时到盐碱地去。无论到哪里，在鹿茸骨化之前猎人们都一直守护着它们。马鹿的肉可以吃，皮可以使用，鹿茸在烘干或晒干后作为珍贵药材出售。如同传奇的人参一样具有某种魔力。

养育我们的科留什卡河

早晨九点钟汽车开到了村庄，两个小时的颠簸后很想喝杯茶，休息一下。村里有公共食堂吗？在雨后泥泞不堪的街道对面有一个商店，遗憾啊，门上挂了一把锁。我们决定随便走一走，熟悉熟悉新的地方。村庄坐落在小山上，如果没有房屋遮挡，从任何角度都能够看到一望无际的阿穆尔河河口湾，感觉仿佛从高处鸟瞰世界似的。

我的旅行伙伴是作家格列布·格雷申。他周游世界见多识广，但是俄罗斯东方这个角落的大自然令他神往。我们沿着篱笆墙的小道从山上走到峡谷，越过峡谷继续沿林间小道前行。两旁茂密的赤杨树林、树叶微黄的小白桦树、野蔷薇结出的果实在眼前掠过。脚下密密麻麻生长着菌类家族：红菇、褐色的牛肝菌。花楸树的树枝被沉甸甸的果实压得向下弯曲。向下面看，在陡岸下面的河畔坐落一些乡村房舍。房子不大、双面坡屋顶。我发现村头第三家的炉子冒着炊烟：主妇正在做早饭或者午饭。

"我们进去吧。"我对格列布说，"请他们给我们一点开水喝。"

"凭什么呀？我们只能给人家添麻烦！"他没有把握地冷笑一下，"不速之客……"

"没有关系，他们不会拒绝的，人们都很和蔼可亲，水也多如大海……"

我们走进木板篱笆门，院子很小：正面是住房，另一面是小仓库，第三面是夏季厨房，第四面是高高的、整齐的木桦垛。年轻主妇走了出来。

"麻烦您能给我们烧点开水吗？"我问，"我们自己带吃的了。商店不营业，不知道公共食堂在哪里……"

"是从外地来的吗？"

我介绍了自己和同伴。

"我们有您的作品。"主妇对我说，"我们，我、妈妈、丈夫都很喜欢您的书……请进屋……"

"这么好的天气，不想进屋，如果您允许的话，我们想坐在院子里。"

院子里有没完全劈开的树墩，我给自己和格列布各搬一个坐在上面，把方凳放在我们之间当作饭桌。

主妇端来茶水、茶杯、面包、糖，还有一盘汤。我们谢绝了香喷喷的汤，说只喝茶就很满足了。汽艇开来了停靠在岸边。一个年轻人走了进来，妻子对他说了什么，他从我们身旁经过到屋里去了，回来时端来一碟红鱼子。

"尝尝我们阿穆尔河的美味。"男主人说，"从前不把吃大马哈鱼子当回事儿，现在连我们自己都很少见了！"

"啊！"格列布高兴地说，"有这样的美味不喝酒，太遗憾了！"从裤子的后兜里拿出扁平的小酒壶，"请坐下一起喝吧！"

主妇婉拒，年轻人喝了一点，擦了一下嘴站起来，说：

"你们慢慢喝，我去发动汽艇然后带你们去……是第一次到这里来吗？"他很感兴趣地问。

"我有机会来过几次。"我回答说，"而这位同志是从彼得格勒远道而来的，他肯定特别感兴趣。"

"好！请你们看一看科留什卡河！养育我们的河！"

男主人三十岁左右，中等身材，名叫萨沙。我们把背囊留在院子里乘船出发了。

汽艇速度较慢，河里芦苇丛、很高的苔草比比皆是，好像若干小岛似的，汽船只能绕过它们曲折前行，后来进入一个狭窄的支流，前面展现出开阔的空间。岸上成片成片的小树林，好像河滩地似的。然后是长满青苔的沼泽地，秋天变红的帚石楠。这表明到某条河的河口了。

"我们在这里采红莓苔子和云莓果。"萨沙对我们说。他坐在船尾，胸有成竹地驾驶着汽艇。微风吹拂着他的黑发，行船无阻地飞快前行，这使他很开心，"这就是科留什卡河！"他说。

支流宽五十多米，高出水面一米多的岸上长满厚厚的青苔、小树林，而那些高大、粗壮的树木沿河岸形成真正的林带。

天气绝佳！一连几天都是这样。夜间细雨霏霏后天空一片蔚蓝。远处山峦起伏，颜色微微发青。阳光照射在帚石楠的叶子和杂草上，它们被阳光染红。遍地是水越橘、云莓果、黑醋栗果、红莓苔子、小白桦树林——一幅五颜六色的彩绘。淡蓝的山峰上空白云浮动，时而舒卷、时而散开、时而变成一些尖塔。河水似乎是黑绿色，深不可测，实际上河水清澈透明。

我环顾四周发现树上有人造的东西：树洞，比煎锅稍大，挂在高大的老树的树干上。

"当地的猎人……"萨沙大声说，"为了捉到鸳鸯擅自造了树洞……"

萨沙说："鸳鸯栖息在树洞里，吃小鱼。没有天然树洞，为了迎合鸟的需要人们制作了人造树洞。"

萨沙把汽艇随便停在高高的泥炭土的河岸，岸上高大的落叶松向河面弯曲，深不见底的河面上水流像柔滑的丝绸一样缓缓流淌，宽叶青苔仿佛绒毯铺在那里。

"我们在这里钓胡瓜鱼！"萨沙说，"秋天，请你们再来，当然秋季的鱼不如春天的大，但是能够钓到很多。"

"你们怎么储存呢？"

"放到冰箱里冷冻。也可以在炉子上烘干在自己家吃。喝啤酒吃胡瓜鱼，太美了。不过这里没有啤酒，用葵花子代替也不错！我爱吃鱼，我在这里出生、长大，不吃鱼简直活不下去……"

　　我们上岸后两只脚立刻陷在青苔里面了。在矮灌丛和喇叭花丛中间生长着大片水越橘，在枝上还有果实，不过开始干瘪，散发出类似葡萄酒的香气。在坡地上见到了多汁透明的越橘。

　　"今年越橘长得不好。"萨沙解释说。他找到一片还有果实的地方请我们品尝。其他地方果实已经掉在地上了。

　　我的同伴"品尝"越橘时我到汽艇上拿纸和笔，把眼前的景色画下来：深绿色的河水；高高的河岸；杂草、帚石楠、落叶松编织成的红黄彩带；湛蓝的天空上飘浮着团团白云。

　　将这个大自然景观保护得如此完美的角落目睹的一切铭刻在心，时间越是久远就越令人心驰神往！

春天使出浑身解数让万物复苏

　　春天，漫长的隆冬之后突然阵阵暖风从南方吹来，吹得森林欢快地呼啸。树干、树枝还没有解冻，树根仍然在厚厚的雪被下酣睡，暂时还没有感知春天的气息。不过树枝开始在微风下摇曳，发出哗啦哗啦的响声。

　　这样美妙的时刻，在茂密的白桦树林幽静地方，坐在树墩或者倒木上晒太阳，独自接触春天，令人心醉！

　　树干笔直的白桦树树皮洁白如瓷，已经解冻的树枝竭力向上伸展，互相交错，很像透孔的编织物。春风徐徐摇动白桦树，连在一起的蓬松树梢仿佛滚滚波涛，使人想起：帆船行驶掀起的浪花怎么也滚不到岸边似的。

你再向下看：春天使出浑身解数使万物复苏，使大自然挣脱冬天的桎梏。在这样的时候总是回想起一场大手术后是怎样被唤醒的：拍打我的脸、摇晃我的头、让我尽快摆脱麻醉剂的控制。也许，每一株白桦树的苏醒也是如此痛苦，冬季冻裂的伤痕需要长时间恢复。不过这是苏醒时期的痛苦，是大自然为了生命的延续表现出的无畏。

有时候在你的头顶上方，蔚蓝的天空上猛然倾斜飞过一只展开翅膀的老鹰：报春鸟！或者在嘈杂声中突然听到啄木鸟啄木头的声音；或者看到躺在倒木上一动不动、身上带条纹的小动物——花鼠。请您相信：它也不想睡觉，它的毛皮凌乱、难受，还没有苏醒。但是它也是春天的首批访客。

看着这些转瞬即逝的画面，把这一切理解成最崇高的圣礼，心灵也慢慢复苏。为了和大自然母亲短暂的融合，为了这美妙的瞬间，早春时节应该拜访森林。

春风摇动着大树，森林上空欢乐的笑声此起彼伏……

白桦树上的鸟巢

昨天降了一场细雨，把马路上的灰尘压下去了，新的一天空气格外洁净。温和的风甚至吹来森林的气息。薄雾中远山蓝莹莹的，近处森林的轮廓影影绰绰。就在昨天森林曾是黑色、褐色、灰色的。一个暖和的雨夜后，森林吸足生命的汁液迅速复苏了。

诺
亚
方
舟

好像笼罩在雾里的白桦和山杨明显地变绿、低洼处的柳树树叶即将萌芽。

我茫然若失，好像丢了魂似的：坐也不是，站也不是，我不明白——我到底想干什么。拿起书本——读不下去。出去打水干点家务——也做不成。最终——恍然大悟：森林在呼唤我，很久没有到野外写生了，现在是春天写生的最佳时刻。找出绘画用的调色板，把去年干燥在上面的颜料用油料擦干净，洁净、明亮。按理说：春天野外写生是隆重节日，画笔和调色板必须一尘不染，内心也应该明快、淡定。长时间找去年准备好的画布，我把它放在"随手"就能够拿到的地方，实际上反而难找……雨伞和画架仍在原地，为了不碍事妻子把它们塞到洗手池后面了。雨伞是我自己做的，直径大约两米，不是黑色的，而是用床单缝的，格外显眼。

把伞和画架捆在一起背在肩上，手提画具箱刚要迈出门槛，儿子跑来了，说：

"爸爸，我想跟你去！"

"不行，好儿子，我要去很远、很远的地方，要登上那些蓝色的山峰，你上不去，你会累的。"

"爸，爸……那你给我带什么回来呀？"

"我给你削一个最好的、核桃木的钓竿梢，然后我带你去钓鱼。"

"爸……还有花，行吗？"

"当然，没问题！"

为什么手提画具箱心情如此快乐？健步如飞，感觉不到肩上的重量。今天人们也很高兴，看见我不知为什么都微微一笑。可能是礼拜日？后来我猜到了——是我，边走边笑，别人看着奇怪也随之一笑。可我不能不笑，今天是春天真正的节日，怎么能够不心花怒放！

我走着，仔细看着途中所遇到的一切，寻找动人心弦、令人窒息的美丽景色，能够立刻挥笔写生。

从灌木丛后面，田野上方冒出缕缕黑烟，原来是拖拉机在耕地，拖拉机牵引着犁杖和耙，被翻起的土又黑又亮。

也许这是春天特有的主题。耕地、拖拉机、犁杖铲起的黑油油的土地、蔚蓝色的远方。

我停下脚步凝视一下，想了想——往前走了。在这样风和日丽的日子为什么要画沾满尘土的灰色拖拉机和被烟熏黑的拖拉机手呢？如果拖拉机开到眼前，我的画布上会落上灰土。再说了，耕地也不仅在春天，夏末也还会有。就是说这不是我想要画的。我沿着田间小道向前走，我喜欢这些能够把人带到神秘莫测角落的小道。

这一次小道把我带到一个大的果树园。一排排黑醋栗灌木林，在这后面看到的是悬钩子光秃秃的细树条。左面大面积的梨树和苹果树。果树枝被修剪、树干被刷上白粉看上去好像列队而站穿着白色校服的女学生。当果树园鲜花盛开、白色花海浪涛般起伏荡漾的时候，才会魅力无穷，而此刻……站了片刻，继续往前走。

小道绕过果树园把我带到一片小树林。褐色的树叶像地毯一样铺满大地，踩上去沙沙响。奶白色的白桦树泛出亮光，柳树的花序在阳光照射下金灿灿的，白杨树黏性的花蕾散发出芳香。整个小树林弥漫着绿色的雾。我走着、呼吸着森林馥郁的香气，欣赏着景色，没有发现小道已到了尽头。眼前是灰色的木桩围墙，里面是养蜂场。

这个人迹罕至的小树林多么静谧、阳光照得多么炙热；白桦、椴树、山杨、橡树幼林上空蓝天多么清澄！我在树墩上坐下，放下肩上背的东西，眯起眼睛，挑选最美的地方。如果景色处处绚烂你怎么挑选呢？

在白桦树上方一只黑色乌鸦飞过，乌鸦黑得像火灾现场冒出的一团浓烟。乌鸦向某个地方匆忙飞去。腹部白色的喜鹊嘴里衔着一条干树枝飞过：喜鹊是善于持家的能手！

喜鹊把干树枝放到白桦树上筑的鸟巢里又飞走了。

瓦蓝的天空、白桦树皮在阳光下白得闪光、树枝之间黑色的鸟巢——富有魅力的风景，吸引我必须画下来。当我选好地方，支起伞，在调色板上准备各种颜料时，山顶上空蓬松的浮云遮盖了天空。浮云飞快飘动，太阳时而躲在后面，时而显露出来。白桦树树皮的白色也随着时亮时暗。

眼前的美使我陶醉，任何事情都不能阻止我作画。把白色、红褐色、祖母绿色、普鲁士蓝色等颜料涂在调色板上开始作画。

太阳从飞奔的浮云钻出来的瞬间，我仔细地把画和实物做了对比，做了某些修改。

我坐的时间较长，尽管座位上还垫了很厚的干草，可是一条腿发麻，必须站起来走动走动，站在远处看这幅写生——很好！

从养蜂场飞来一只蜜蜂，是绘画颜料把它招引来的。在调色板上爬来爬去，没有找到任何想要的——飞走了。在老树树皮的裂缝一只红褐色的蝴蝶在晒太阳，翅膀一张一合仿佛呼吸似的。蚂蚁沿着画板满处爬着，好像视察工作无处不到。

清风习习，树枝颤动，树下平静，甚至伞都没有摇摆。写生接近结束。最后几个线条，点睛之笔。看来已经大功告成，这一刹那喜鹊衔着干树枝，重又回到白桦树枝的鸟巢。我急忙拿起笔画出——衔着干树枝的喜鹊。

的确画面上没有人、没有拖拉机，可明眼人看得出：春天的碧空、阳光洒在编织成网状的树枝上、白桦树上黑色的鸟巢、飞鸟为了抚育后代而忙碌。这就是春天，要知道，人或者鸟、兽都在春天为自己建造房屋、筑造巢穴！

我不想这么早回家，想登上山峰。不过刚一走出小树林来到开阔地，一股强劲的风吹来，把我的帽子从头上刮下，掀开了我的外套下摆。

啊！原来如此！那我就故意迎风而上吧！你高兴让我敞开外套，好，我连衬衫的扣子都解开，敞胸露怀。你想吹乱我的头发——我故意摘下帽子。我走着，开怀大笑，我嘲笑风的恶作剧。我没有上山，而是迎着风走，很快到了一泓不大的泉源旁，在那里我看到高大的山杨和纤细的白桦被风吹弯、矮小结实的榆树树枝在颤抖、叶子卷曲的柳树徐徐摆动。干枯的芦苇丛向下垂着，相互窃窃私语，可能是抱怨恶作剧的风对它们的伤害吧！

我还看到自己坐在家里这两天，春天昂首阔步地回到了大地。小河周围镶上了绿色的花边——沼泽地的立金花盛开。

回家路上我砍了一根韧性很好的榛树树枝给儿子做钓竿梢用。

一只灰色的大鸟从灌木丛飞出来，在树梢上盘旋以后向山峰飞去。根据又长又尖的翅膀判断：是布谷鸟。"如果布谷鸟在秃树上咕咕叫——歉收"——想起老年人对我说的这句话。但是布谷鸟没有咕咕叫，可能预示着丰收！

春天的花束

妻子抱怨我：

"整天埋头在稿纸堆里，坐在那里一动不动，一句话也不说。你真惹人烦，我不想再见到你了，我想一个人……"

看得出——我老了，满头白发，我的这个样子怎么能不惹她讨厌呢？我想到森林中去，让她尝一尝没有我、她自己过日子的滋味，那时她会明白：她一个人——日子过得更好还是更差。

我连衣服都没有换，双手交叉放在背后走出家门。我向外走时妻子甚至连眼皮都没有抬。五月风和日丽，阳光明媚。人们在菜园子里挖地、栽种土豆。我从他们旁边走过。熟悉的小路，踩在上面很舒适，只能向前无法止步。向前，再向前，弥漫着淡蓝雾霭的森林在呼唤我，我要到那里去，然后再想下一步怎么办。

小路通向灌木林——在一座铁路桥下面，我沿小路向那里走去。其实这也不是小路，根本没有路，只是到牧场去的牛群踏出的小道。既然这样，可以沿着它直接走下去。

灌木林中枯干的树叶、杂草、寒风刮断的树枝覆盖大地，某些地方在枯萎的草丛间萌发出新绿，各种幼苗。阿穆尔紫罗兰盛开，旁边生长着蕨菜。变成褐色的枯叶好像被雪冻僵了似的，现在复活了，富有弹性的芽苞仿佛某种力量压缩了的弹簧，此刻"咔嚓！"伸展开了。

急于见世面的还有藜芦，它用绿色的矛扎透叶子，皱褶的宽叶立刻伸展，藜芦对牛说："喂，牛朋友们，赶快吃我们吧！你们看，我们又绿，水分又多！"牛朋友们知道：吃完藜芦——立刻咽气。牛朋友们离开它走得远远的。

森林里不知道有一股什么气味，好像是草的霉烂味，各种树木汁液的鲜美味混杂在一起，一时分辨不清，反正是不同寻常的气味。

灌木林上灰色的藤蔓缠绕着、下垂着。可能是五味子？我的朋友们很早就让我给他们采回一些五味子藤，我试图割下藤蔓。啊！不是，不是五味子，而是葡萄树。弯曲的须子螺旋状地缠绕在灌木林上，我怎么没有立刻发现呢？

突然地面上闪过什么鸟的阴影，抬头一看是乌鸦，乌鸦落在干树枝上看着我。

"呱——呱——啊！到哪里去？"

"到森林里去采五味子，怎么，问这干什么？"

"呱——呱！"乌鸦表示不满。也许它想要说："你是个懒汉！不然，为什么这么好的天气，不去筑巢而是到处闲逛。乌鸦展开翅膀飞向附近山脚下那片高大的山杨树林中去了。"

在那些山杨树上大的鸟巢像帽子一样黑乎乎的。其实，那不是鸟巢，而是灌木树上的绿色寄生物。它寄生在山杨的体内，喝山杨的血。寄生物的枝弯曲、易断，长满红色果实，叶子呈圆形，似革状，冬、夏各一种颜色——黄色和绿色。

在半路上看到一些整齐的树干拔地而起向四方伸展，虽然一米多高但是没有树枝。奇怪的幼芽：比手指还粗，可是没有花蕾。树叶从哪里长出来呢？

仔细观察核桃楸的幼林：树梢上的嫩芽含苞待放，到了夏天长着羽状大叶的树枝将茂盛生长。

来到一泓泉源旁，周围丛林如此密集，甚至难以从中间穿过。树种应有尽有：悬钩子和核桃楸、野蔷薇和榛树丛、白蜡树和赤杨、白桦和黑桦、橡树和山杨、椴树和枫树、丁香和柳树。柳树花已经凋谢，毛茸茸的黄色花序落到地上像刚破壳而出的小鸡雏。

柳树——对这一树种的理解在学术界存在争议。我们，普通人，把柳树分为两种：柳树和河柳。第一种——柳树的枝杈伸展很远、叶子很宽而微微弯曲、树皮粗糙，生长在森林干燥地带和草场。第二种——河柳高大、挺拔、树皮绿色、容易脱落、叶子窄而长、在风吹拂之下叶子闪出银色。河柳在河畔生长，树丛郁郁苍苍。春天，男孩子们砍下柳条制作钓竿梢，还可以做成笛子吹奏。看来，一切都简单明了。

然而学者们却说：我们远东有四十五种柳树，还有一些杂交品种，可是没有叫河柳的树。有绢柳、黄花柳，而河柳只不过是柳条而已。怎么说是柳条呢？用河柳的木材可以做脚手架、做木桩、盖房屋。学术界不承认民间的名称："河柳"，也不承认在整个西伯利亚和远东沿用多年的俄罗斯名称："柳树"。

泉源旁白色、黄色和蓝色的野花撒满地面。蓝色的花尤其娇媚，好像根本不是花，而是春天蔚蓝天空落到大地上的蓝色碎片。

我采了满满一捧鲜花，欣赏它的美，闻它的芳香。太迷人了！最好还能采到五味子。在泉源旁应该有。没有走多远——真的找到了。灰色的、弯曲的藤缠绕在幼树上，看样子藤蔓和幼树互相拥抱，难解难分，实际上——互相搏斗——不是生存，就是死亡。或者藤蔓缠得树皮难以呼吸，幼树窒息而死；或者幼树，如果木质坚硬，挣断藤蔓使其干枯而死。

我割下藤蔓，把皮剥掉，立刻散发出五味子的香气，好像眼前有一杯五味子热茶似的。从前守旧的老人和猎人喜欢喝五味子水代替茶水，既好喝又有益于健康。

经过灌木林——到了沼泽地和村庄。

回家，回家！我的腿很长，大步流星地走着，回家的小路旁有一个山岗——瞧，紫罗兰！我看了一下自己的花束：白花最多，两朵黄花，蓝色的花最少。采了几枝紫罗兰插到花束里——很漂亮！缺少的恰恰是紫罗兰。回到家里，把花献给妻子，说：

"不要生我的气，我是一个不靠谱的男人。你看，蓝色的花——快乐；白色的花——忧伤；黄色的花——背叛；请接受我送你的既快乐又忧伤的花吧！黄色的花总共两朵，因为只有两件事我背叛了你：埋头写书和春天到森林独处。"

妻子含情脉脉，会心地笑了。然后给我端来香喷喷的午饭。

找到布谷鸟丢掉的小靴子

蓬松的、毛茸茸的乌云从连绵起伏的蓝色山峦爬了出来，后来，刮起阵风，驱赶走乌云。天空变幻无穷，伴随着蒙蒙细雨，连续一周没有停止，令人心烦。难道是闹着玩的吗？没有一天不下雨，没有一天出太阳……

原本小鸡都能够蹚水过的小河，现在泛滥成灾，淹没了很多菜园。河水奔腾咆哮——简直变成捷列克那样的大河了！

在阴雨连绵的天气，蒲公英开始凋谢，黄色的花瓣儿散落在地，细长的茎干上面顶着毛茸茸的圆球，用嘴稍微一吹，茸毛就飞了下来，剩下光秃秃的细腿，上面戴着一个大帽子。

稠李树、李子树也已凋谢，白色的花瓣从苹果树上像雪片一样飘落，从我们家的窗户可以观赏果树花纷纷扬扬的画面。我遥望远方的森林，传来隐约能听到的布谷鸟咕咕的叫声。

我再也待不住了，不顾天气恶劣，变幻无穷，一定要前往大森林。为什么？就是想去，不为什么。

生长在道路两旁的高大白桦树热情地欢迎我。白桦树身穿绿装，枝繁叶茂，遮天蔽日，透过枝叶已经看不到天空了。

——您好！我亲爱的人们！

白桦树摇摆着树枝点头问候。它们像体态优美、端庄、骄傲的待嫁姑娘。

雨天过后光秃秃的道路上杂草丛生：车前草宽大的叶子展开、三叶草也竞相开放。扁莎草——低矮、坚硬的苔草——长出穗状花序。

到哪里去？做什么？我似乎说过，不为什么。不对！我有一个秘密的愿望——近距离听见布谷鸟的叫声，找到布谷鸟丢掉的小靴子。

到了森林。树木从四面八方把我围住，让我闻到山杨的苦味、柳树甜香的蜜味。突然传出小猪的气味，真的，特别像在灌木丛后面有野猪藏匿的地方。但请不必费力寻找野猪，这是白蜡幼树飘出来的某种"香气"。每种树都有自己的气味，最好闻、最持久的——核桃楸幼树的气味，我从向四面伸展的树枝上割下一条绿枝，闻了闻，妙不可言……

猛然，就在身边："咕——咕！咕——咕！"布谷鸟旋即飞走了，好像计算好时间似的。

在三十岁以后我不再考虑生之年还剩下多少了！也不再相信布谷鸟的叫声能够预卜寿命的说法了。如果布谷鸟自己在森林中经常迷路，它怎么能够确定人的寿命有多长呢！布谷鸟并不总是神机妙算啊！

这个故事发生在很久很久以前，从那时起各种故事不断流传，亦真亦幻。不过该发生的事总归还是发生了……

从前，在人世间生活着哥哥和妹妹，他们父母双亡，兄妹俩无人管教和照料。他们渐渐长大，哥哥爱上了美丽的妹妹。老人们劝说哥哥这样的婚姻不会幸福，年轻人难道能够听老年人的话吗？他们对别人的良言相劝不屑一顾，他们想亲自尝试一下。哥哥雅库布娶妹妹为妻。生活了半年、生活了一年。哥哥到田里干活，妹妹——妻子操持家务，看上去似乎一切都好。不料，天有不测风云。

雅库布刚一走出家门到田里去干活，门口就出现一个打扮得像花花公子一样的年轻人，他对妹妹说些甜言蜜语。众所周知，女人们都爱听这样的话。这个人不是什么花花公子，而是真正的魔鬼。这事发生在白俄罗斯，我的亲戚们从那里来，他们说，那里的森林、沼泽地各种魔鬼多得很，不用改头换面。这个魔鬼对妹妹大献殷勤，而她为了单独和魔鬼在一起，找各种借口把哥哥打发出去：时而说让他去买牛奶，时而在深更半夜让他到废弃的磨坊去磨面粉，不停地折腾他。

雅库布最终明白了，妻子有了外遇。他回家审问她，她全都承认了。怎么办？雅库布拿来两个茶杯放在桌上，说："你想念我而流的眼泪，流到这个杯子里，想念魔鬼流的眼泪，流到那个杯子里，我外出办事三天后回来。"

妹妹哭了三天三夜，雅库布回来一看——魔鬼的茶杯装满泪水，而他的茶杯里只有很少几滴。哥哥对妹妹说："既然你不再爱我，我就走得远远的，你想呼唤我，都永远呼唤不到……"

话音刚落他抓起妹妹向上一抛，她变成灰色的布谷鸟，展开翅膀飞到森林里去了。飞的时候一只靴子从脚上掉了下来，那个地方立刻长出奇特而美丽的花朵。

从此，再也没人见到哥哥和妹妹。只是每到春天都能听到妹妹对哥哥的呼唤：

——雅——库布！雅——库布！雅库布！……

"雅——库布"完全不是某些人认为的"咕——咕！"她在此地呼唤一阵，没有回应，再飞到另外一个地方：

——雅——库布！雅——库布！

诺亚方舟

呼唤不到哥哥，她想到了自己的魔鬼公子，高兴地笑了，径直飞往密林深处。她在灌木林里飞得很低，害怕人们看见，这就是为什么人们能够听到布谷鸟的叫声却看不见它。一只灰色的鸟从身边悄悄飞过，迅速躲藏在绿色的丛林里，你根本来不及看到它。

听到布谷鸟的咕咕叫声，使我回想起很久很久以前母亲给我讲的这段悲惨故事，还回想起其他很多往事以及至今仍埋藏在心底没有实现的愿望，回忆往事我开始可怜起布谷鸟和某些没有实现的愿望（要知道每个人，如果想要挖掘都会找到某些遗憾的事情：唉！当时不那样做，完全会是另外的结局）。我们经常这样想，却忘记你想要走的那条路上将会遇到许多坑坑洼洼，许多把你绊倒的石头。

如果不是蚊子骚扰我，我会靠在橡树旁站很久，心潮涌动、思绪万千。一只蚊子飞来咬了我一口。第二只飞来唱着同一首歌："嗡——嗡嗡！"第三只……

不行，就算你们好像是向我道歉了，可是我总归是一个人，而你们那么多！我把它们轰走，一头钻进绿色的树丛让它们不知道我的去向。在榛树和橡树下铃兰花盛开，茎上一串串小铃铛非常诱人，我忘记瞬息即逝的淡淡忧伤，采了一大捧铃兰花，把多余的、不好看的叶子剪掉扎成真正的花束。本想再加上长着花蕾的黄色大花，改主意了：多余！还有很多报春花，已经凋谢，失去了新鲜的玫瑰色，看上去有些萎蔫，这就好比天空，七月酷热的日子，从地上蒸发的热气在空中萦绕，天空虽然万里无云，却显得苍白。

布谷鸟

蚊子

在布谷鸟掉下一只靴子的地方——开满美丽的鲜花，最下面的花瓣上应该挂着小口袋，我没有找到。也许布谷鸟把小口袋穿在脚上了，因为毕竟春寒料峭、天气潮湿！我沿着灌木林漫步，忧愁消释了，心灵净化了，好像被清澈的泉水洗过一样。我在想：在寂寥的森林或者河畔篝火旁为什么事情担忧、哀伤，回想起某些陈年往事，这总归是好事！从被泉水涤荡过的心灵喷涌出更大的力量！渴望活着、工作、为人们做善事、死后留下其他人长期效仿的榜样。

回家特别及时：天空上云彩聚集，团团云朵堆积成白色小山，一瞬间又布满乌云，突然下起雨来，一直下了个通宵。

越向前走心灵就越坦荡——割草季节

我清楚地记得第一次到阿尔加河的情景，这条原始森林小河在阔叶树林之间流淌。我当时住在利托夫卡，有充裕的时间在周围闲逛，为了找到值得入画的美景。从附近的山峰眺望，阿尔加河谷尽收眼底，相距不远——十二公里至十五公里。而且人们说阿尔加河里有很多鲫鱼。我决定到那里去。

早晨，踏着露水出发。起初沿着村庄菜园旁边的小路走，后来出现小的岔道，再往前就连小径也没有了。一些榛树林、胡枝子树林，某些匍匐植物，好像编织成网铺在大地上。比这些丛林高的有核桃楸树，树干由于潮湿和森林火灾而变得发黑。很快我走到了隘口。七月，天气开始炎热，太阳炙烤，大地上蒸发的热气似薄雾在空中缭绕，树木的轮廓变得模糊不清。在林间空地可以清楚地看到阿尔加河河谷、小河，甚至河流的深水段。深水段在寂静的地方闪光、河水更加深蓝、微风吹过河面泛起层层涟漪，宛如什么人掉在草丛上的蓝色项链……

判定方向后我向下直接走去。轻快地走着，又高又密的蕨菜在我的脚下沙沙响，风吹树梢簌簌响，树下暂时静悄悄的。风从西南方吹来，这是晴朗稳定好天气的标志：割草季节的最佳天气。我越向前走，风刮得就越大。当我走近山脚时完全变成狂风了。森林边上生长着高大的拂子茅，形成宽宽的草带，狂风掀起叶子翻滚，好似黄色波浪。正是拂子茅抽穗季节，可是狂风把高到人胸口的拂子茅吹倒在地，迫使它在割草大镰刀锋利的刀刃下低头，坚韧的草奋力反抗，直起腰，左右摇晃。

割草时最好是：微风把你眼前的草吹弯，你只要一挥镰刀——唰，唰！草倒在地！只需要甩开肩膀，两条腿稍微向前弯曲，脚跟站稳。在这样的微风吹拂之下，无论割草、无论把草搂在一起——都是一种享受！我十二岁的时候父亲教我割草，每年我们都为自家的牛储备干草。至今一切记忆犹新。如今什么都依赖机器，但是亲手干活仍然有极大的乐趣。只要你善于寻找，善于感受……

我们这里七月份极少有这样阳光明媚、晴空万里的天气，既然有，那么我们就尽情享受——敞开胸膛，大口吸气，空气充满芳香。白桦树欢快地呼啸，声音传遍森林和草场。清新的风吹散了弥漫在森林上空的污染物，天空更蓝、山脉的轮廓更加清晰了。积云在天空飘浮，云朵互相追逐，风不让浮云上升，不让浮云变幻成美丽的宝塔，而是迅速地把浮云赶走，赶到海岸。浮云顺从地缓缓移动……

那时候我的操心事很多，战后困难时期，虽然成了家，但并没有立业，要学习很多东西，况且我还很穷。但奇怪的是，越向前走，心灵就越加坦荡，仿佛清风从我的内心吹走了所有的委屈、痛苦、命运中遭受的微不足道的伤害，只留下对一切生命无尽的爱。这种爱在扩大、在增加，似乎给我插上翅膀让我翱翔，把我变得强大。当然不是体力方面，不是的，在各种力量面前总有最大的力量，但是没有任何力量能够阻止人的善良愿望。我自己必须坚定不移地找到生活中的位置。

每个人都有自己的幸运时刻——黄凤蝶

小船沿比金河航行。两天前几个人凑成一个小组为了一起寻找人参。其中有我。一个人躺在船头，自由自在地睡觉；另外两个人懒洋洋地闲聊——说些什么听不清，发动机声音太大。费奥多尔·米哈伊洛维奇——我们公认的组长——身子靠着装满货物的麻袋上打瞌睡。我无忧无虑地看着小船行驶时向后倒流的河。很多年前小河在山脉之间穿出宽宽的河谷，以白色卵石为河床，现在河水自由、平静、快速地奔流，给人的感觉小船不是沿河面，而是在柔软的丝绸上从一个浅滩航行到另一个浅滩。丝绸般的河面上映照出淡蓝的天空、神奇美妙的积云。

陈旧、零件松动的发动机企图劈开船尾的激流，但是船体又长、载重量又大的平底船勉强克服迎面的激流，有时候仿佛停止不动，思考着什么，然后从河流中间向岸边行驶。船主帕维尔·季莫费耶维奇掌舵，他眯缝起眼睛冷静地注视着船的前方，严格掌握航向，时不时地用船桨量一下水深。一顶胶布面帽子，遮盖着他那布满细小青筋、被太阳晒红的脸、颧骨、鼻子。从高鼻子的鼻翼到嘴唇布满深深的皱纹，它们像树枝一样伸展：脸颊、下颚、脖颈。蓝色缎纹布的衬衫遮盖着他那未被晒过的白皙胸脯。他从衣服口袋里掏出烟斗放到嘴里。

非常疲倦，而且太阳炙烤着。为了不打瞌睡我开始仔细观看沿岸的景色。比金河的右岸丘陵连绵起伏，有的地方被峭壁中断。在几乎垂直的光秃秃的岩壁上连草都不生长，只有在山的裂罅、缝隙中玫瑰色的石竹花艰难地生存。在山崖的断裂处可以看到远古时期山在形成时曾发生过断层。这些支脉是霍尔河与比金河流域之间的分水岭。

峭壁上橡树林、黑桦树、枫树和椴树枝繁叶茂地生长着。树丛中开满山梅花和粉色的胡枝子。林中空地晚百合的红色花蕊像撒在由蕨菜编织的地毯上面。

夏天的植物颜色仿佛都一样，树木，乍一看长得完全相同。其实不然，仔细观察：在山的缓坡上主要生长落叶松，而在较低的地方——白蜡树、椴树、胡桃楸树、黄檗树生长茂密。在远东以外见不到的大树——深色、光滑树干的高大雪松，像普通人当中的巨人，是森林中独一无二的品种。

在比金河支流形成的许多小岛和被洪水淹没的地方，一排排河柳仿佛围墙。当微风吹拂和阳光照射时蓝色、绿色、银白色交相辉映，让人如入仙境，这就是河柳与其他植物的不同之处。它们生长在河边，形成天然的屏障，用绿色的花边围在浅滩周围。我难以想象在我们阿穆尔河沿岸地区如果没有河柳，将会是什么样。

河柳——百看不厌。无论什么天气河柳都很美：狂风肆虐，高高的拂子茅被刮倒在地，河柳由于愤怒脸色苍白，变成一排排白色巨浪，冲向河岸。黄昏时刻，天空最后一抹金色晚霞渐渐暗淡，从幽静地方传出夜莺的歌声，这歌声仿佛小锤敲打银器的清脆声音，此时河柳陷入深沉的思考，呆然不动。光滑如镜的河面倒映出这一画面。看着这些真的很想相信阿廖奴什卡和伊万奴什卡的凄婉故事，并且开始不由自主地谛听令人忐忑不安的寂静。

小岛上成排的河柳后面生长着柳树，很像乌克兰的金字塔形杨树，树干较细，枝叶向上伸展。到处是拂子茅——几乎和人一样高。这种草影响其他草，甚至灌木的生长。在拂子茅草丛中只有叶子皱褶的藜芦、宽叶褐色的绣线菊、两米高树干稍红的大力士——橡树能够生存，因为它们比拂子茅高，接受更多阳光。有时候在朝鲜柳树丛中夹杂着稠李树、白蜡树或者高大孤独的榆树，树梢干枯，一只老鹰很不舒服地蹲在上面，长时间地看着我们的小船。

野葡萄树以茂密的藤蔓遮盖了其他树木，下面爬满各种"树木杀手"藤蔓、灌木林——合叶子、野蔷薇、绣球花和黑醋栗。

比金河的左岸是平原。放眼望去：割草人的身影、成垛的干草、冒着缕缕青烟的树荫下吃草的马匹。这种画面使我回想起自己的童年，父亲带着我搭起这样的帐篷，一连几个星期住在河畔：通畅的风、周围的沉寂、刚割下的草散发出的醉人香气、耀眼的阳光、蓝天和慵懒的白云——这一切使人变得有些野性。当生活如同这条石底浅滩之间的宽阔河流一样平静、透明的时候，我就不由自主地回忆起这些往事。恰恰从童年起我爱上了我们的边疆，甚至直到成年也没有减弱。也许正是这种强烈的爱帮助我经受住战争中的各种考验，使我现在的生活充实和具有意义……

森林从来不会引起我的盲目赞美或者困惑不解，我清楚地知道：什么时候可以走进森林，对它说："你好！"——像对好朋友那样问候，什么时候最好对它敬而远之。森林各种各样，但总归是可亲可爱、善解人意的。

帕维尔·季莫费耶维奇突然把小船驶向岸边。在黑色的绝壁后面展现出弯曲的支流，深蓝—浅黑的水面静止不动，几只绿色的小蜻蜓在河的上方追逐嬉戏。

我疑惑地看了一眼舵手，他回说："该吃饭了！"向前方指了指，我朝他指的方向望去，在树丛里有屋顶，我猜测那里是养蜂场。

支流上方洋溢着蜂蜜的甜香味，山的斜坡布满椴树，树冠上白花盛开。

"养蜂场的位置选得真好，是不是？"舵手说，"避风，安静……如果没有更换养蜂人，我们会大饱口福，正是采蜜季节。这里的椴树和别处不同，不总是同时开花。首先开花的是靠近水边的椴树，然后是长在低洼地的椴树，最后是高山上的椴树。椴树——学术界如何划分我不想说，只知道蜜蜂能够长时间不间断地从椴树上采蜜。椴树是大有益处的树。我们活着却没有发现这么好的蜂蜜——多喝一点……"

他说完这番话时，小船恰好也到了支流的河口。船上的人们一个跟着一个跳下小船，活动活动双腿。在泥泞的土道上有密集的靴子印和孩子光着小脚留下的脚印。深一些的泥坑已经充满了水，飞到这里喝水的很多蜜蜂累得贴在水坑上面了。一群灰蓝色的小蝴蝶在上面飞来飞去，较大一些的蝴蝶——颜色不同，像穿着迷彩服似的，砖红色的蝴蝶飞到树上，收起翅膀时，它们的颜色和老树树皮浑然一体了。

从蜜蜂这个天然饮水池到养蜂场有一条小道。尽量不踩到满处爬的蜜蜂，我沿着前面的人的脚印走着。突然满身褐色条纹的牛虻发出男低音的声音——"嗡——嗡！"叫个不停，其数量每分钟都在增加。我们沿小道走到养蜂场旁边的房屋。涂着五颜六色的蜂巢不少于一百个，分布在没有树木的草地上。蜜蜂和谐的叫声唤醒了长期酣睡的大自然，打破了田野的宁静。

"主人，请迎接客人吧！"当养蜂人在门口出现时帕维尔·季莫费耶维奇喊着。

"请进。"中年男子说，在他那被太阳晒得红黑的脸上两道浅色眉毛格外显眼。

一个七八岁、呆头呆脑、浅色头发的小男孩站在门旁羞答答地看着。

室内凉爽、整洁。蜜蜂从敞开的门飞进飞出，但没有苍蝇。

养蜂人是帕维尔·季莫费耶维奇的老朋友，主人把吃的东西摆在桌上，还端来一碗香喷喷的蜂蜜和一小锅清凉的蜜酒。小男孩眼睛盯着白面包，帕维尔·季莫费耶维奇递给他一大块白面包，亲切地摸了摸他的头。

黄凤蝶

诺
亚
方
舟

"拿去吃吧！好孩子，随便吃！"

"谢谢！"男孩子腼腆地说了一句，拿着白面包像捧宝物一样走了出去。

"我们这里都是黑面包。"养蜂人有些歉意地说，"人们半个月来一次，收蜂蜜的时候顺便送来食品，孩子想吃新鲜的……"

"没关系……小孩子都一样。长大了，将成为父母的好帮手……"

"等着吧！什么时候才能长大。长大了要上学，然后干什么不知道。在农村他没有什么好干的，都是脏活儿，这里好一些：我们钓鱼，他扑蝴蝶、采野花，再说，和他在一起我也特别高兴。有孩子快乐的声音……"

蜜酒很甜，但有隐患：立刻上头。饭桌上交谈得很热闹。我感谢主人的盛情款待，走了出去。

在房子的墙角上钉着一根云杉树枝——养蜂场简易"晴雨表"，对湿度变化非常敏感，能够知道未来天气，此刻表明"晴天"。在养蜂人熔化蜂蜡的已经熄灭的篝火上方几十只黄凤蝶密密麻麻地挤在一起，很像一顶摇动的帽子。看来它们为自己找到了"热窝"。我长时间观察它们的行为，力图明白是什么使它们聚集在一起互相偎依。

我走到它们近旁挥了一下帽子，所有的黄凤蝶同时飞上天空，如同黑色风暴在空中旋转，在"热窝"上方画出不规则的大圆环。很久很久以前我也曾像主人的儿子那样拿着长枝条追赶蝴蝶。当捉到手掌大的美丽蝴蝶，哪怕一只都高兴得连蹦带跳。不过，人要长大，生活需要他走向社会，离开家，不在琐事中寻找乐趣了。这样他会变得更幸福吗？

我很难确定。更准确地说：相反。岁月流逝，这个浅色头发的男孩多年以后可能不止一次回想起和父亲在养蜂场度过的时光，把这看作自己生命中最宝贵的记忆。当然人不可以故步自封，应该在广阔天地驰骋，就像这些黄凤蝶一样飞向四面八方。每个人都有自己的幸运时刻……

阿穆尔河上电闪雷鸣

这一次我和朋友沃洛佳沿阿穆尔河旅行。我们乘坐用桨划的小船从哈巴罗夫斯克市出发，不慌不忙地划着，任意停靠在感兴趣的地方，为了清晰地捕捉阿穆尔河的"精神"。航行到第五天我们才经过辛达村以及相邻的那乃人居住的两个村庄伊斯克拉村和穆哈村。我们沿右岸的加锡河支流航行，支流很宽足以让我们利用简单的风帆。我们走过五公里时，河流开始转弯，一瞬间任何风向对我们都不利：曾经是顺风，后来我们掉转小船方向，风从侧面吹来，最后不得不逆风行驶。

两岸是辽阔的草地直到山脉。右岸有加锡湖——大湖，湖水源自山中的两条河：哈拉河、皮赫察河。两条河的流域分布着大面积最珍贵的雪松——阔叶林林区。

我们航行的支流的左岸有一些布满草地的岛屿。洪水期阿穆尔河泛滥，淹没岛屿，只有河柳树的树冠表明河岸所在地。从马亚克山或者其他山上望去，阿穆尔河——汪洋大海！

顷刻之间晴朗的天空布满乌云，云彩逐渐舒展变幻成离奇的宝塔以及各种形状，它们集聚、堆积成白色的高山，然后形成卷云，白山周围出现烟灰色的"钻状云"，太阳淹没在密布的浓云中，一片昏暗、寂寥。

　　到达我们要去的加锡村还有十公里，乌云低垂，远处响起雷声。草丛、灌木林、树木僵住不动，仿佛凝神谛听着什么。在这死一般的寂静中一只乌鸦呱呱叫着，听上去像是什么人用木棍敲打生了锈的铁盆。在天气变幻无穷的时刻苍鹭站在浅滩上，像雕像似的呆然不动。我们也该设法找个藏身之处。阿穆尔河上的雷电非同小可。狭窄的支流一旦狂风袭来，撕下大自然安详的面具，刹那掀起惊涛骇浪，小船难逃毁灭的命运。

　　从陡峭的、黏土质的河岸上一片大的柳树向河面下垂着。我们把小船停靠在那里，迅速地把东西扔到岸上开始安营扎寨。

　　乌云像怒涛一样从西北、从草地方向滚滚袭来，无风、平静。很快从远处传来模糊的声音，越来越大、越来越近，这是草丛和河柳被风袭击后发出的哀怨和哭泣，就连空气也在喧嚣。我们恐惧不安，很像眼前一枚手榴弹咝咝作响，即将到最后一秒钟爆炸一样。我们快要窒息了。此刻一阵狂风刮来，猛力地掀起帐篷的四角，如果帐篷搭在开阔的地方，肯定被风刮走，像旧报纸一样在半空中飘荡。

　　瞬息万变，支流的河水突然变黑，怒不可遏的白头浪峰不停地向岸边袭来，在岸边汇聚成白色长堤，众多的河柳被风刮弯，狂怒地望着大地。

　　陡然，一道闪电刺破乌云笼罩的天幕，强烈的火光照亮了水分饱和的乌云，刹那爆发出撕裂声、轰隆声，仿佛山崩地裂。我们提心吊胆地看着大自然发狂的景象。

冷风吹来丝丝细雨，紧接着大雨滂沱形成灰色的雨帘。我们躺在粗平布做的蚊帐里面，把蚊帐边缘压于身底，以防风吹进帐篷时带来的凉气。周围喧嚣声、撕裂声、轰隆声此起彼伏，我们开始习惯风暴的声音，盖着外套暖和和地打起瞌睡，尽管闪电就在帐篷附近闪亮。闪电之后雷声大作，仿佛大炮轰鸣，我们猛然欠起身来——真厉害！——沃洛佳说，从帐篷探出头向外看并闻了闻是否有燃烧的气味。

我们看着怒气冲天的河流、猛力拍打陡岸的浪涛、坍塌的泥沙，贪婪的河水永无止境——河水把泥沙嚼碎、磨成黄色粉末，河水再一次掀起浪涛冲击河岸：哎——呀呀！哎——呀！水浪拍打声、河流喧嚣声掩盖了生机盎然的大自然的其他声音。我们的小船被淹没一半儿，其中的水已漫到船舷，应该把小船里的水舀出去，可是外面瓢泼大雨，避雨——不算罪过。我们俄罗斯人，无论大人物，无论小人物都寄希望于侥幸、好运！但愿小船不会沉没，要知道它是木船……

大风吹打，险些掀翻帐篷。

此刻闪电的光芒再一次刺向河柳树丛，震耳欲聋的呼啸声，使我们忽然明白：这只不过是普通的电闪雷鸣。雷声在耳边嗡嗡响，美丽的光束在眼前浮动，远处雷鸣的声浪引起了回声。

天空的黑灰色乌云猛然扯开了，露出像火山口那样的圆洞，火红的积云仿佛炉中烈焰的火古在跳舞。这非同寻常：像是在夜间，通过望远镜突然看到夕阳照耀下，成堆的积云登上难以企及的天空之上，对流层边缘。

乌云逐渐撕裂、散开，不久便消失在闪电的反光中。像被水洗涤过的清澈天空上闪烁的繁星，凉爽的风吹拂大地。雨滴从这片树叶落到那片树叶上窃窃私语着。

我们长时间欣赏着远方照亮地平线的闪电，点燃篝火煮茶。坐在河畔篝火旁，倾听神秘的浪涛拍岸声、凝视火焰变幻莫测的形状，非常惬意。小锅咕嘟咕嘟地响，茶水烧开了，到该喝茶的时候了。篝火散发的热烤得我们的脸和手暖乎乎的，很想打瞌睡。火光把附近的河柳树枝、树干从黑暗中引到篝火旁，似乎周围的一切都在移动，时而移近火光、时而退却到黑暗……

今天的一切必然都是新的

自古以来人们一直探讨人生的意义。一些人说：在这个世界上没有任何新的，如果有人说，这是新的——那么，这只不过是基本上被遗忘的旧的。另外一些人说：人生只不过是从永恒河岸临时淘到的金沙。

从这些议论中我听到一些疲惫不堪的人和绝望的人的声音。为什么疲惫不堪？为什么绝望？可能，由于社会生活混乱无序，人们的付出没有得到应有的回报。是的，如果与形成各行星和我们地球的亿万斯年相比较，大自然赋予我们的时间过于短暂。我们没有能力把这一期限延长，相反我们就算使出浑身解数通常也只能利用期限的一半。我们是生活的匆匆过客。当然没有什么能够让人们坐享其成，人们必须自己工作、忙碌、改善、更新，让生活充满快乐，使节日更加美好！

如果从这样的立场看待生活，那么我们的全部活动、我们本身的存在就具有特别乐观的基调和深邃的意义。甚至有时做不喜欢的工作，那也是为了未来的快乐和幸福扫清障碍。如果是节日，那么它就无处不在，人人都有，方式不同。大自然把我们的生活布置得像舞台上的各种布景：任何一天、任何黎明或者黄昏都不重复。你只需看到周围一切都是新的，不应遏止内心的好奇，不要认为美可能只在非洲的某个地方，或者，比如说在格陵兰，肯特（1882—1971，美国美术家、作家、社会活动家。——译者注）从格陵兰给我们带来难以想象的杰出风景画，画面上自然光的效果特别完美。当时我就设想：一个从出生起从来没见过雪的人冬天到哈巴罗夫斯克来，第一次看到千里冰封的大河、白雪皑皑的旷野，他会对这样的美景赞叹不已，会写出怎样的长诗歌颂我们的白雪和碧蓝的天空！而我们呢？我们看到这些了吗？我们是否有时故意闭上眼睛不去看周围的美呢？

我怀着喜悦的心情走出家门。那一天是四月六日……春天普通的日子。赏赐我们生活的每一天都是节日。昨天的一切已经消失，在时间的长河里蒸发了，而今天的一切必然都是新的。

我沿着小道向阿穆尔河走去。两天前下了一场小雪。昨天没有刮风，因此树林、灌木丛上披着的银装，树枝上挂着的蓬松雪花还没有脱落。当阵风吹落它们身上的负担后，它们高兴地舒展开了。

现在树林、灌木丛赤裸裸地站在那里，孤苦伶仃，虽然脱下冬天的雪装，夏装——绿色的新装还为时尚早。只有个别树枝上尚未融化的小冰块儿在阳光照耀下像稀有的钻石胸针一样闪闪发光。今天，大自然看上去格外简朴，但是大自然唯一不吝惜太阳。阳光从苍穹慷慨地洒向大地，穿透还没有融化的白色雪网。

马路、人行道、山丘上的积雪已经融化，而草坪、灌木丛、阿穆尔河的雪仍一动不动。小道和一连串黑色脚印把人们从河畔台阶引向阿穆尔河及其左岸。峭壁下的一片河水已融化，显出黑乎乎的河面。昨天我已经看到了，不过今天河面更宽阔了，分出窄小的支流把岸边与其他的冰层隔开。勇敢的人们在支流上方搭一块木板想要到冰上去，虽然这有些冒险。

一个穿着鲜艳大衣的小女孩以自己的方式提醒人们。她迈着碎步在原封未动的白雪上踩出"止步……"以提醒疏忽大意的人们。踩出的字母很大，还留有空间，可能她想说："止步。危险！""写出"这个呼吁，小女孩全力投入：踩出一个字母以后，跳到另一个地方，再踩出下一个，字母有错，再踩出正确的字母，原来的字母仍留在那里。小女孩的行为是值得赞扬的：看到有不遵守秩序的人，采取措施以避免有人因疏忽而遭遇不幸，避免破坏自己和他人的节日兴致。

遗憾，太阳在正午时把积雪融化了，河畔上警告性的题词不复存在了。

相邻的还有一条河流，那里融化的河面较宽。河水上空有一对海鸥盘旋。它们从遥远的某个地方飞来，疲倦地扇动着翅膀，羽毛看上去很脏，它们可能很饿，可是暂时那里没有什么吃的，饥饿迫使它们飞到水面休息一下过累的翅膀。已融化的水面——

这还不是阿穆尔河，大河仍披着冰的盔甲，海鸥不得不挨饿。它们本应在暖和的地方再待一周，大自然永恒的呼唤把它们召唤到这几百公里以外的边疆，它们在这些净水的河面上方盘旋。每逢春天，远方唤起这些漂泊的旅行者的向往，而秋天——老家则使它们眷恋。

海鸥——春天的报信者——并不孤独，在城市公园上空飞翔的还有老鹰，老鹰展开宽大的翅膀，像人把五指张开那样盘旋、飞行。老鹰也是伴随春天降临的第一鸟，如同白杨树上第一个幼芽、第一条已融化的河、人行道上第一个水洼、天上第一片蓬松的云。

在这个不断重复然而又是新的世界里一切都又新又不同寻常。难道可以不热爱生活吗？难道能够同意我们的今天——只是悠久往昔多次的复制品吗？不，我不相信，我不生活在往昔，我生活在今天，对我来说每天都是节日。

阳光下的微笑

三月上旬风和日丽，连续两天。哈巴罗夫斯克的市民们沿着小小冰山之间已经踩出的小道，鱼贯而行到阿穆尔河左岸去，小道上挤满黑压压一片人群。显得发黑的还有阳光下雪坡上冰层融化后露出的土地。小道两侧的冰山是冬季的寒风和暴风雪堆积而成，镜子般闪光，太阳照射下特别刺眼，而铺着白色盖布的河面，如果不眯缝起眼睛去看也很刺眼。天空清澈，因为市内热电厂冒出的烟飘向东方、飘向远方的群山，城市上空没被污染。

脸和手都感觉得到春天暖洋洋的气息，虽然不像俄罗斯中部地区那样，雪已融化，不过这里已看得出水汽蒸发，远处河岸上空雾气缭绕，尽管还很微弱，但已经把河柳、把坐落在陡峭右岸的村庄，乃至把连绵起伏的山峦冲淡，看上去轻飘飘的，仿佛富有灵感的画家一笔涂上的色彩。

人们向阿穆尔河左岸、向逐渐变黑的河柳树丛、向原生态洁白的雪走着，并半路上回望身后的城市景致，它使人既联想到作家格林笔下令人神往的童话故事中的理想城，与此同时，又是一座雄伟的现代化城市——坐落在河岸的丘陵地带，长达五百公里，辽阔、壮丽。高楼林立、港口起重机、大型工厂、休闲公园、白—绿色设施的体育场、体育学院、豪华宾馆——新时代的象征、国家大城市的标志。

人们走着，欣赏着大自然的沉寂和冰雪覆盖的河面，激情像电流一样传导到耳朵，嗡嗡作响，好像在半睡半醒的状态听到了什么。

年轻人急忙向前走着，希望正在向他们招手，在那一排河柳树后面，神奇的地方在等待他们，那里充满爱、幸福、理想，到那里去不可以迟到：幸福不等待慢慢腾腾走路的人们。急不可待的心情溢于言表：姑娘们竖起弯弯的眉毛、面颊绯红、半张半闭的嘴唇更加鲜艳红润；小伙子们端起架子，摆出勇士的派头看着行走的人们。

那些阅历丰富的人们慢悠悠地走着，眯缝着眼睛可能在回忆着什么，陈年往事随时都会浮现在眼前，像河流一样任意流淌。

不要改变流向，因为呵护人的心灵和躯体的太阳只引导人们回忆那些最美好的瞬间。也许这些，人在任何时候，都没有向别人说过，小心翼翼地珍藏在心底，如同没有凋谢的柔弱花朵。对于上了年纪的人们来说，一切最美好的都已逝去，那是曾经的往昔。追忆当年，他们脸上浮现隐约可见的微笑，一下子年轻许多，这微笑使人联想起古代雕塑家在法国巴约纳市著名的石结构建筑群上面的雕塑。

我也走在人流中，但不能融入欢乐的浪潮之中。因为迎面遇到回来的人们手里捧着大把大把幼嫩的柳条枝，回来的人不比去的人少，春天的暖意刚刚使柳树光滑如缎的幼芽萌发。

我能够理解人们希望延续与大自然接触的喜悦，在自己家里观赏被砍下的柳树枝，在一周之内眼看着幼芽长大，绽放，心里暖暖乎乎的。可为什么砍下那么多、一抱柳树条呢？！这是——贪婪，企图占有大地上的美，为什么不给他人留一点呢？！或者就是希望证明自己强大、善于爬树呢？你这是在脆弱的植物面前炫耀力量，而那些河柳在水灾、旱灾，在席卷左岸草地的火灾面前依然生长；它们生长难道仅仅是为了给我们带来慰藉和快乐吗？！尽管鸟不能经常啄食柳树树皮上滋生的幼虫，它依然生长；尽管每逢假日，缺乏教养、不尊重他人的年轻人挑衅性地、恶狠狠地折断树枝破坏城市的绿色屏障，它依然生长。应该把河柳看作勇敢无畏的象征、生命力极强的象征。为此河柳理应受到关爱和保护。是它，第一个给我们带来春天的快乐，预告温暖的临近；是它，防止风和水对土壤的侵蚀，是它，给予蜜蜂第一批新鲜食物和夏天采蜜的力量。

我多么希望双手抱着柳树枝回家的人们不以胜利者自豪，而是感到内心羞愧，因违背公共规则、残酷对待大自然，这是盗窃大地的美。要知道美属于大家，而不是属于剥夺他人微笑、贪婪的个别人。

左岸被水淹过的老柳树躺在地上，周围一片变黄的苦蒿。甚至这些躺在地上即将枯死的河柳仍继续用细小的根须牢牢地抓住大地，带有凸纹树皮的黑色树干在白雪上格外显眼，这对洁白无声浩瀚的阿穆尔河，无疑是最好的点缀。

我在倒木上坐下，摘掉帽子。周围静得即使有声音，也只是耳朵里有点嗡嗡响。人们向远处走去。我顺手折断苦蒿的红褐色穗状花序，用手指揉搓一下，枯草不美观的外衣下巧妙隐藏着的苦涩气味立刻散发出来。阳光仿佛母亲温暖的手，轻柔地抚摩着，消除人们内心的恐惧、给予安宁，人们莞尔一笑。嘴唇微微颤动，这都是内心情绪的反映。决心更好地创作，做有益的事业，美化大地。这都是大自然能够给我们的最宝贵的，切记：不要破坏大自然！

熊的故事

采蘑菇的季节，市郊的公共汽车人满为患：人们背着筐、提着篮、拿着桶抢着上车。不用问——立刻看出他们去做什么。我是去办别的事情，在汽车上顺便听到一些议论。男人们——保持沉默，当然是在没有喝酒、头脑清醒状态下。两个女人不停地唠叨，对所有问题都能给你"启蒙教育"。此刻谈论的是蘑菇问题：现在采蘑菇有些晚，而在八月末的时候变形牛肝菌、卷边乳菇一个挨着一个，密密麻麻的，不过采蘑菇很危险——附近地区出现过熊。人们说：一个女人到村外去采蘑菇，那里的蘑菇真的招人喜爱，她只顾采蘑菇——凶猛的熊突然扑向那个可怜的女人。她拼命地喊叫为的是村里的人能够听见。人们前来救她，只找到破旧衣服的碎布。采蘑菇的人去之前应该做好准备。你会说森林里去那么多人，难道熊不害怕吗？相反，熊偏偏往人多的地方来。从前没有这种现象……

我忍不住开始插话：

"请您说说，这样的事是在哪里发生的……"

"当然是在森林里而不是在城市。上帝保佑，野兽还没有在街心公园里闲逛。灾难发生在贝奇哈，这线公共汽车通到那里……"

"不可能！三天以前我去过那里……"

"三天以前没有，现在有了。"一个女人打断了我的话，生气地瞥了我一眼转过头去和自己的伙伴交谈，"你听我说：那个女人本想给孩子们做蘑菇馅饼，就去采蘑菇，结果孩子成了孤儿……"

她还说了什么我没有听，因为很难相信这个可怕的故事——我对熊的习性有些了解。八月份——食物最多的季节：森林里各种小动物、浆果、树根；田里的五谷类作物——玉米、大豆、燕麦。熊是杂食动物，从前熊主要吃燕麦。这个季节熊为什么要袭击人呢？应该向学识渊博的人们请教……

我从公共汽车上下来本想直接回家。经过村庄的锅炉房，房门大敞四开，里面黑洞洞的，锅炉、通风机发出隆隆的响声，很

诺亚方舟

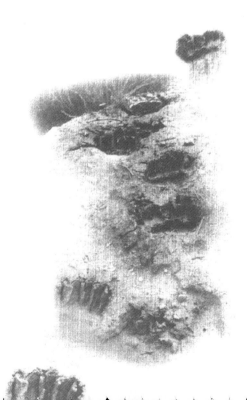

雪地上留下的熊的踪迹

热。锅炉工伊万·斯捷潘诺维奇在外面凉快。他已退休，从前是矿工，因肺部有病专门居住在远离城市的地方，以便呼吸新鲜空气。夏天在菜园、在院子一直都不穿衬衫，晒得黑黢黢的。他不能闲着因此当上了锅炉工。他坐在长椅上微笑，用衬衫下摆擦了擦脸上的汗，时不时地用手扇着汗淋淋的胸口。

坐在他旁边的是疗养院群众性文化活动组织者、手风琴手科里亚。他的脸晒得很黑，在雪白衬衫的对照之下显得更黑了。

彼此匆忙说了几句话，伊万·斯捷潘诺维奇沉默了。他是个硬汉，经历了艰辛的生活，他本应冷酷些。

"你坐下。"科里亚开口说，"我想告诉你，不久前我读了你写的关于阿姆贡河的故事。就是说，你沿河游览过？为了写一本新书你必须亲身体验——是不是？"

"每个人的写作方式不同。"我回答说，耸了耸肩，"我三天没到你们这里来，发生了这样的新闻……"

"什么新闻？"科里亚抬头看着我，"我知道各种新闻，随便问我吧！"

"是这样的。似乎熊袭击了一个采蘑菇的女子。"

"胡说。"伊万·斯捷潘诺维奇摆了一下手，"如果有人被埋葬，肯定经过这里，我整天坐在这里怎么能不知道呢。"

"不！"科里亚反驳说。

"我亲耳听见的：熊袭击了一个女子！"

"是贝奇哈村的吗？她是什么人？"

"不是我们当地人，是从特罗伊茨基来的，熊咬死了她，我们的庄稼汉把熊活活打死了，她的肋骨断了，胳膊被咬伤……"

"谎言，这个季节熊为什么要袭击人呢？"

"是啊！熊没有袭击人，熊正在灌木下睡觉，那个女人意外地碰上了，熊吓了一跳，站起来就把她压在身下。我知道的故事太多了！"科里亚竭力说服我，"你不是想写短篇小说吗？拿瓶酒来，我给你讲一讲在疗养院休养的那些人的故事，你写吧。肯定比古罗马作家阿普列乌斯或法国作家莫泊桑的作品更击中要害、尖锐，更有感染力……"

"以后再说吧。"我婉言谢绝了，我该回家了。快到家门口的时候不得不停下脚步。迎面遇到我的好朋友——从前的邻居吉马，他推着独轮车，车上装得满满的。他浑身沾满泥土，汗流浃背，骨瘦如柴，头上戴着黑色圆形软帽，晒得红黑的额头上露出一绺淡黄色头发，眉毛也是淡黄色，是太阳把淡黄发男子晒成这副样子的！

"你好！从哪里拉这么多的东西？"

"你好！从菜园子呗！还能从哪儿？挖了土豆，还有甘蓝，给你，没太长好，尝尝鲜吧！"

他和我握手时没有用手掌，害怕把我的手弄脏，他的手指因干活已经肿胀，指甲被擦伤。他是一个心灵手巧的人，不拒绝任何工作，总给自己找活干，他有两个菜园子：一个在村子里，另一个在河对岸。他捕鱼、打猎、采蘑菇，有全套渔具。采雪松果实的季节自己爬上树而不等候果实自己脱落。

吉马眯缝起眼睛，微微一笑，露出洁白的牙齿。

"很长时间没见面了，到外地去啦？还是特别忙？"

"埋头写东西，离不开啊。你最好说一说：熊咬死一个女人，这是真的吗？我是在公共汽车上听说的，好像是贝奇哈人，而疗养院工作的科里亚说是从特罗伊茨基来的。我不相信……"

"胡说。我听到以后马上到特罗伊茨基去了，详细问了，我想如果是真事，我会跟踪这只熊，它不会走得太远。现在正是腌熊肉的季节。我走遍了全村，没有什么野兽袭击什么人。据说有那么一个婆娘被黑乎乎的灌木丛吓得半死，随后其他人把这个故事夸大、流传。人们都很机灵，这样一来城里人不敢去采蘑菇了，传播故事的人自己也开始相信了。"

"好的，这是谣言，我自己也是这样认为的。你走遍各地，在自然保护区里有没有熊？"

"有的。"吉马坚定地回答，"最近我带着儿子去采野山葱，下过小雪，很快就融化了，我们看到了熊掌踩出的痕迹，立刻慌张了，我穿着靴子的脚恰好踩在熊的脚印里，熊爪和人的手指相仿。起初我吓坏了，想马上回家，因为不是一个人，我还带着儿子，在森林里遇到熊会把孩子吓坏的。再说我们已经采到了野山葱，不敢再往前走了……"

"还要到哪里去？"

"事情是这样的：儿子念完九年级后向我撒起泼来，说：'同学们凭介绍信到帕米尔、到高加索去，可我连真正的山脉都没有见过！''你是没有见过我们这里的山，'我回答说，'如果你愿意，我带你到你根本爬不上去的那些峭壁！'我想首先带他到小山上去，那里有风蚀残丘，山峰陡峭，还有宝贵的矿床。攀登过这样的山脉以后就不想去帕米尔了。于是我就带他来了。见过熊的脚印以后我们改变主意了。"

我和吉马告别了，我们无拘无束地闲聊一阵，双方都很满意。他继续推着独轮车赶路，我走进自己的家门。

翌日清晨我外出办事，在靠车窗的座位上坐下。路旁的灌木和树木一一掠过。在叫作"二十公里"的车站，我突然看见橡树上有黑色的"窝"。几乎每棵树上都有"窝"，什么人一夜之间能够来得及造出这么多的"窝"呢？熊特别喜欢吃稠李树的浆果，通常在那种树上造"窝"，而这里是橡树啊！我回想起沿涅姆波特河航行时曾经看到过橡树上有类似的"黑窝"。明白了，是小熊在天未亮时为了寻找橡实悄悄爬上长着橡实的树枝，它们把橡实当作早餐，小熊爬树比较敏捷，这些"黑窝"就是小熊坐在树上折断树枝时，被压弯、枯死的，成了远看时的"窝"，当地人叫作"熊窝"。没有人注意这些，直到它们自己掉下来为止。显然也没有人想到熊能够出现在公路上。

还有一次，秋天，在离村庄三公里的小道上我看到过小熊的脚印。深夜，潮湿的土地结冰了，但是还没有到野兽无法容忍的寒冷。我本以为是什么人的靴子踩出的脚印，突然在湿泥上看到熊掌和长长的利爪的痕迹……

熊在自然保护区里存在，但是熊比较平和，不破坏与人交往的规则。但愿人们自己不要招惹它们。

让机灵的山鸡好好活着吧

记得童年时代捕捉山鸡是多么大的乐趣啊！山鸡喜欢在灌木

林边缘的田野上栖息，那里，浓密的蔓生草和树根缠绕在一起，或者说，匍匐植物和双色胡枝子、榛树、野蔷薇、小橡树缠绕在一起。你沿着田野边缘走，就会发现在褐色草丛里山鸡深绿色的头一闪而过，这只山鸡无论如何都不想展翅飞翔。你向它投掷土块儿，或者你去追赶它，突然……甚至，这或许正是你所希望的，从树丛里扑啦啦一声展开翅膀犹如赤铜色的火焰直冲天空，当你为这种意料之外瞠目结舌的瞬间，山鸡环顾四周朝既定方向飞走了。它能够飞行五十米至一百米，直线飞行，蓬松开长长的鸡尾，在大地上空飞得很低。你再次寻找、追踪、猜想它将在哪一块浓密的草地上躲藏！

外貌的美和震撼心灵的美，只有黑琴鸡能够与山鸡相媲美。黑琴鸡——红色眉毛、七弦琴形白色羽毛的鸟尾。相传：黑琴鸡的白色羽毛是白天鹅作为纪念送给它的——黑琴鸡很想和白天鹅一起飞到暖和地方过严冬，遗憾的是它没有力量飞得那么遥远。二三月黑琴鸡落在高大的白桦树或者雪融化后的地面上，吃树上的幼芽、晒太阳。而山鸡——无论春天、无论夏天，特别是冬天都不喜欢抛头露面，不愿意飞来飞去，更爱躲在草丛里隐居。不过山鸡的"服饰"使人赏心悦目——深绿色的羽毛泛出金色的光泽。很难找到其他的鸟能够像山鸡这样把阿穆尔河沿岸地区点缀得如此绚丽。遗憾的是山鸡属于定居鸟，猎人容易猎获，因此现在遇到山鸡实属罕见。

虽然每年我都在边疆地区旅行，可已经很久没有看见山鸡了，我以为它们濒临灭绝。所幸的是一年前，深秋，天空飘着雪花，森林阴暗荒凉，我到种植松树的旧采伐基地去。松树不是我们地区固有的树种，因此看上去比较陌生。采伐基地边缘有一些老山杨，树上生长着寄生瘤，我凝神仰望树冠，身边似乎有什么东西在动。我立刻向那里望去，看见长腿的灰色山鸡，它机灵地绕过我的身边飞到核桃楸树丛里去了。我以为是黑琴鸡，很高兴，好歹在疗养院附近能看到珍稀鸟类，而不仅仅只有喜鹊和乌鸦栖息在这里。不能对任何人说，如果告诉第一个人，他会再告诉第二个人，好嘛，第三个人拿起猎枪赶快猎获它。我不知道他们跟踪黑琴鸡有多久了？！

不过这不是黑琴鸡，而是山鸡。这纯属偶然，我这么近地看到美丽的山鸡。真是幸运！那是春天……

四月，晴朗、暖和的一天。田野上的枳雪已经融化，而树木下、森林边缘仍有湿漉漉的雪堆。小道泥泞，我要到疗养院和村庄之间的那片草场去。草场遍布在丘陵上，后面是覆盖着白色冰层的小河支流。我没有见到感兴趣的画面：褐色的草场、苍白的天空、荒芜的浅滩地——我扫兴地想要掉头返回。在长满枯干高草旁边的树林边缘仍有零星残雪。那里枝叶蓬松的柳树颜色开始变深，我迅速地环顾各个角落，挑选哪个地方写生能够完全符合我的兴致。

我在离林边二十米远的干草地上坐下打开画具箱写生，渐近黄昏，树木投下蓝色的阴影沿雪地蔓延，我极力捕捉这样的画面，潜心作画，没有注意时间和周围的一切。竟然没看见有一条狗，什么时候，从哪里来的？它站在冰堆上，在那里大声吼叫。

"你这个傻瓜，叫什么？"我想让它不要吼叫了，适得其反——叫得更厉害了。

狗对我不停地吼叫，就像打猎时遇到猎物原地抓住不放直到主人来为止。狗的主人从疗养院方向走来了——年轻的男士，他拍了一下狗的脑袋，它不再吼叫了。然后他们向村庄走去。很快我结束了写生，收起画笔和颜料，背起画具箱……

我没有穿越狗刚才站过的冰堆，而是从其右侧走，那里没有雪比较干爽。倒伏在地上的草被踩得沙沙响，不是匍匐冰草，而是某些蔓生草，像渔网一样遮盖大地。刹那，突然扑啦啦的翅膀扇动声吓了我一跳，山鸡从我的身边腾空而起向森林方向飞去。啊！多么漂亮的山鸡！躲藏在草从，而且旁边还曾有过一只狗使劲地朝我吼叫！如果不是我直接惊动它，它会继续躲藏在那里。

"机灵的山鸡——我想——有极大的忍耐力。"我很高兴这样美丽的鸟在我们这里没有绝迹。也许，有人替我感到沮丧，这样的鸟竟然从鼻子底下飞走了，遗憾的是手边没有猎枪！不！我丝毫都不遗憾，反而高兴。还有多少鸟兽可供射杀的呢？！如果某种走兽还在奔跑、某种飞禽还在飞翔，为什么一定要射死它们呢？如果只射杀而不设法繁殖，那么不久你将看不到飞禽了。要知道，山鸡、黑琴鸡甚至松鸡都可以养殖，而且无须特别大的投入。遗憾的是我们还不善于和动物界和谐相处、善待它们。如果飞禽或者走兽相信某个善良的人，最终，倒霉的是鸟兽：相信他人，毁灭自己。如果山鸡在人多的村庄附近能够栖息，这也不是人的功劳，而是山鸡自己拥有的机灵和强大的忍耐力。

让山鸡好好活着吧！山鸡给善良的人们带来无比愉悦！

诺
亚
方
舟

森林里的啄木鸟

　　春光明媚。三月末是冬、春交替时期。太阳开始融化冰雪，空气浸透水分，森林上方的碧空飘浮着松散的云彩，仿佛白浪翻滚。融化的雪水从房檐上滴答滴答向下淌，麻雀叽叽喳喳叫个不停，柔和的阳光洒满大地。这样的时刻最好坐在幽静地方闭上眼睛，享受太阳抚摸脸颊时陶然欲醉的感觉。

　　不过我是个坐不住的人，很想看一看春天是如何呵护、关照森林的，春天不用关照村庄的事，人们自己能够处理得井井有条。森林则不断改变自己的面貌。从前是清一色的白桦树，上端灰色，春光照射后幼芽苏醒，开始泛红，如今，白桦树在山杨树林当中格外显眼。山杨树的树皮逐渐变绿，少量的云杉和雪松在山杨树当中又格外显眼——云杉和雪松的清新好像是春雨把它们落满灰尘的黑色毛皮大衣洗涤一新似的。

　　森林里空气清新，雪层依然很厚，没有融化，只是吸足水分后开始疏松、变成较大颗粒，类似潮湿了的白糖。已经分辨不出雪地上的踪迹，踩过之后立即被雪水淹没。

　　小道上雪面冰层镜子般反光。只要稍一触碰，冰层就会咔嚓一声碎裂。春天的雪面冰层对于雪下睡觉的鸟——黑琴鸡、花尾榛鸡是毁灭性的灾难，尤其是花尾榛鸡。晚上开始造窝，夜里寒冷把冰窟窿给冻结了，鸟掉入陷阱。

　　小道附近，雪堆里露出花尾榛鸡蓝灰色的羽毛，是因睡在冰窟窿里死的吗？未必！最有可能的是落到貂的爪子里了。现在看不出动物的踪迹，没有办法确定。死了一只鸟——森林大舞台的

啄木鸟

诺
亚
方
舟

一出小悲剧。我同情花尾榛鸡，可怜的小鸟！可是为什么不想一想是鸟拯救了貂的生命呢？要知道，冬天，野兽比鸟更难觅食，因为鸟有足够的幼芽吃。这样换位思考，也许更加公平，但是为什么不愿意这样想呢？！貂，如果真的是它，那么它吃饱了，钻进貂穴里睡觉了，而花尾榛鸡——只剩下一堆羽毛。

我在倒木上坐下休息，谛听林中的寂静，看着眼前的白桦树，可怜啊！树干从上到下被啄木鸟啄出长长的一条，裸露出白色，树下的雪地上一堆树皮和木屑。难以相信这样一只红头小鸟一次能够啄下这么多的木屑。啄木鸟满脸流汗用力啄到粮食——树皮下面滋生的害虫——蛀木虫。我想象着在寂寥的森林中啄木鸟啄木的咚咚声该多么响亮。啄木鸟身体小，羽毛花哨，头呈红色，精力充沛，尖锐的鸟嘴一啄——树皮碎屑飞向四方。啊呀！可怜的白桦树，啄木鸟把你啄得遍体鳞伤，多么无助！

看着，想象着，这一切令人心痛：也许，树木在被啄的时候很痛。如果是有生命的活物能够愤怒、喊叫、躲避、逃跑、飞走，而白桦树永远被定在这里——在哪里出生，就在哪里死亡。别说啄木鸟啄它，哪怕狠心的人用斧头砍它，树枝都不摇动。难道我们这里肆意毁坏和砍伐树木缺乏理智的人还少吗？！

回想起在奥利吉坎河我看到几棵高大松树，树干下部被砍，很快大树将会枯死，而在一棵树的树干上用钉子钉了一块木牌，上面写着："雄伟大树，孤独无助，让我们齐心协力保护它吧！"写得非常好，可为什么往活树上扎钉子呢？大树所在的地点很热闹：停靠小船，人来人往，继续赶路的人经常在这里休息喝茶，用什么点燃篝火呢？当然是从大树上砍木片了，甚至从钉着木牌的树上砍，这，就是所谓的保护！

人，由于丧失理智毁坏大自然，树木——白桦树成了无辜的牺牲品。是否想过：啄木鸟啄白桦树不是破坏它而是挽救它，啄木鸟使出浑身力气啄食树皮下面的蛀木虫，避免白桦树被虫蛀死。

任何时候——森林光秃秃的时候，酣睡不醒的时候，探望森林都大有裨益！

冬天森林里的童话

下午三点钟养鹿人来接我们到涅利巴昌基地去。小伙子们喝了热茶，休息一下，我们也做些上路的准备。该出发了，我们分别坐在雪橇上，我被安排在第三辆也是最后一辆，赶鹿的是养鹿的徒弟，小伙子身材不高，没有胡须，几乎还是个孩子脸。套在雪橇上的有两只：灰色，下腹部白色，脊背黑色。鹿的眼睛通常是黑色的，仿佛蒙上薄薄的蓝雾，由此眼睛显得空洞洞的、毫无表情；圆脸、大拱嘴；鹿在累的时候大口喘气，露出肥厚的舌头。总之，鹿的外貌与优雅的马鹿相去甚远。雪橇为纵列驾鹿，也就是：鹿一只一只成单行拉着雪橇，鹿的脖子上套着皮带，皮带很宽，套得不紧。有时，鹿拉着雪橇飞奔时，万一套索掉下来绊住鹿脚，赶鹿人立刻跳下雪橇，把套索恢复原状，做这些事时鹿照样走着，鹿不喜欢停步。

我第一次乘坐雪橇，起初很担心，一动不敢动，害怕雪橇一头扎到树上，人会摔下去。其实它在雪地上滑行特别平稳，不会翻倒，因为滑木很宽，雪橇前端还有用白桦木做的弧形护板。如果撞到树上，雪橇不会翻倒而是迅速退到一旁，鹿也不会放慢脚步而是继续奔跑。我很快就习惯了，把脚伸到滑木上，当雪橇倾斜时，我的脚深陷到雪堆里。

乘坐鹿拉雪橇也像乘坐马车一样引人入胜。鹿在松散的雪地上，扬起四只宽大的偶蹄、翘起短小的尾巴飞跑。白雪被雪橇滑木摩擦得唰唰响，风由于雪橇快速滑行而冷峭，用它那冰冷的手抚摸着人的脸，皑皑白雪闪闪发光，没有戴墨镜的眼睛不得不眯缝着。

雪橇所经过的落叶松林浓密、浅黑色，这是从前方和两侧看，如果从远处看则是灰色，被藤本植物的绿色胡须缠绕。也许树木故意分散生长以便将来重新合拢形成牢固的墙。被割裂树皮的淡紫色树木迎面"跑"来希望接触人们，而雪橇前端的弧形护板把来者抵挡回去，雪橇退向一旁，这时你只需要低头以免冰冻后的树枝划破脸和挂走帽子。

周围洋溢着融化的雪水、树木汁液和树脂的气味，三月的阳光温暖着树木，嫩芽即将萌发，葡萄树从雪地下面四下张望。啊！春天！尽管夜里零下二十摄氏度，春天已经主宰大地。树根、倒木的阳面，积雪像白色的帽子成片成片散落。

心儿在歌唱，在这个季节我有机会到北方来真是幸运！听，鹿的脖子上拴的铃铛叮当作响，清脆悦耳，多么美妙的旋律啊！快速行驶迫使心跳加快，头脑清醒，从前忽略的、没有注意的一切，似乎凸显出来，给人强烈印象。这次旅行把童话变成了现实。路旁高大挺拔、枝繁叶茂的云杉看上去特立独行，与其他的黑衣修道士不同，而白桦树在巨人——白杨当中堪称美丽的新娘。在时隐时现稀疏的落叶松林后面，在多丘陵的处女地上，停留在枯木上的雪融化后像小蛇一样蜿蜒曲折地向下流淌。挂在树枝和树干上的雪飘带一样下垂着，好像什么人晾晒在树上忘取的白色带子，或一些白色怪兽。突然："噗——噗！"不知道什么东西从雪里跳出来，扬起雪花，雪橇旁边一只黑色的大鸟——松鸡腾空而起！还没有明白是什么惊动了它，它已经落到附近的树枝上了。松鸡身体灵巧、优美、肋部有白色羽毛。它困惑莫解地看着奔跑的雪橇。我很高兴前面雪橇上的人们没有发现它，错过了机会，而我的这位赶鹿人没有枪，松鸡也许能够活到暖和的季节。对于赶鹿人来说这是习以为常的事情，鹿群所有时间都在远离村庄的森林里放牧。对于我来说——这是节日、是冬天森林里的童话的续篇、是心中欢快的歌声在继续缭绕。森林并不寂寥，那里栖息着褐色的松鸡、山雀、雪鹀鸟、山鸡。在覆盖白雪的大地上留下踪迹的还有：白鼬、貂、兔子、白山鹑。

叮——当，叮——当！——鹿颈上的铃铛相互对话。呼哧——呼哧——鹿的鼻子发出的响声。自从出生半年起鹿就丧失自主的能力，变成被人们驯服的牲畜，让它们跑，它们就得跑，喂养它们也是为了有力气继续奔跑，直到在养鹿人的屠刀下死去。再由新的一批能够劳动的鹿取代。现在的鹿已经不知道为了占有雌鹿与情敌进行残酷斗争的情形了。因为由人确定鹿的命运：哪只鹿能够繁衍后代，哪只鹿不行，只要推一下注射器，无能力生存的鹿就不复存在了。适者生存，优胜劣汰。人把这个规则应用到牲畜中去。清除弱小，只留下强壮的。

在黑色的云杉林后面是饲养场，附近搭着一些帐篷。立着一根木杆，上面挂着熊的颅骨。雪橇停下来了。身上的挽具套索卸下，鹿累得立刻躺在雪地上。饲养场围栏外放着装盐的木槽，鹿必须吃盐，兽医告诉养鹿人应该往配制饲料里加多少盐鹿才能够喜欢吃。到了产犊季节，很多鹿已经脱掉鹿角，只有拉雪橇的鹿和怀孕的母鹿还留着鹿角。几百头鹿在眼前闪现、奔跑，好似布满树枝的森林：鹿角、鹿角、鹿角！几百头干活的鹿和鹿犊的脖颈上拴的铃铛组成森林大合唱，多杈的鹿角类似于树枝编织的图画。怀孕的母鹿单独放牧和喂养。

兽医讲解并演示了一个半小时，然后我们坐上雪橇沿着雪海继续前行。夕阳西下，落日仿佛悬挂在树梢上，树枝瞬间在晚霞中融化。长长的蓝色阴影横穿我们的道路，在雪橇的滑木下顺从地延展，而白色的雪浸透着霞光。寒气把开始融化的雪又结上一层冰，寂静中每一种声音都听得格外清晰：飞快奔跑的鹿蹄的嗒嗒声、滑木压在雪上的声。树枝上的雪团散落下来，铺在地上。开阔、纯净，心灵也随之净化。

当然我知道养鹿人遇到的不都是阳光明媚的天气，也有酷寒和阴雨的天气，恶劣天气也许更多一些，放牧人黎明前起床，深夜前睡觉，日复一日地工作。不过这总归是在大自然的光辉殿堂，而不是烟熏火烤的车间、黑暗的地下矿井，或者香烟熏得恶心的办公室——难道这不是生活给予我们最美好的馈赠吗！但是，我们这些饱经风霜、明智的一代害怕亲手种田，逃避大自然的这种恩赐，情愿隐藏到城市令人窒息的缝隙中、在掩盖璀璨繁星的霓虹灯广告毫无生气的灯光下生活。我是城市出生的人，我没有力量和决心完全改变自己的生活，因为为时已晚！我只能够做到一点——向年轻人说：大自然非常美，希望他们不要远离大自然……

森林奇观

我自幼迷恋绘画。这不算什么，因为在中、小学校绘画课与其他课程一样是基础课。另当别论的是很多人长大以后放弃了绘画："我不想当画家，为什么把时间白白浪费在这样的琐事上呢？"他们开始从事更加实际的工作，不可挽回地丧失了心灵与大自然接触时美的感受，丧失了人与大自然融为一体的机缘。

朝霞无限美好，无论风声、无论浪涛拍击声都不能打破清晨的宁静，只有任性的鲫鱼被自己影子吓了一跳，猛然甩了一下尾巴，划破光滑如镜的河面，泛起的涟漪经久不散。火红的霞光透过晨雾的薄纱钻了出来，在地平线上方把眼睛睁开一条缝儿看一看，然后从摇篮里站起身，把金色的朝晖洒向游牧人宿地附近的矮小柳树、燃烧很旺的篝火冒出的烟、河对岸的高大山杨树。

更加令人惊奇的是晚霞：云彩火一样燃烧，颜色不断变化，蓝色的云彩缓缓浮动，仿佛寒气袭来，波涛的每一个波纹都反映出天空红彤彤的光辉，暖色和冷色交相辉映，令人赞叹！

炎热夏天仰望天空，观察浮云形状变幻无穷，别有一番情趣：大量积云如何蔓延、如何快速改变它的轮廓，时而是虚幻的城堡、时而是带缠头的老翁高贵的头、时而是一群巨人。回想一下阿穆尔河春汛时期浩瀚水面上轮船、小艇行驶着，回想一下湖泊和支流岸上舒适的角落，第一眼看到就会不由自主地喊出：啊！多美呀！你看，似乎，画面深深印入你的脑海中，可是过了一两天，如果不是所有的，那么也是大部分被抛到九霄云外，只剩下最一般的印象。我看见了森林、山脉、山谷。非常有意思的地方……不断重复这样的话自己都觉得厌烦。

我经历过这样的痛苦：最好的绘画也无法表现以前所看到的那样景色，是的，我不能够讲述这些画，因为没有足够的语言描述。这难以弥补的损失让我内疚。每当我沿边疆区旅行回来，没有留下照片、速写、写生草稿时，我的内心就充满这种感觉。要知道在野外不是随时随地都能够作画，如果实在按捺不住打开画具箱，哪怕是只来得及画出大自然——火鸟的羽毛，其他细节可置之不理。不过即使半小时到一小时之内旅伴们能够等着你，这么短的时间你能画完吗？还有蚊子、蠓虫、无情蜇人的牛虻一起向你进攻，这又如何是好？！然而就是这些从枝叶茂密树上偶然采集到的零星叶片，也让我们看到阿穆尔河沿岸地区独特的景观。

即使朝霞、晚霞、群山和森林的宏伟全景每个人都能够看到，大自然也只向那些有足够想象力、求知若渴的人们展现自己的奇观。

我沿阿穆尔河航行，经过下坦波夫卡村时，总能够看到恰亚腾山被浮云遮盖，山峰上有一个巨大的残丘。每一次我都把它看作向大洋方向遥望的新土地发现者。但是谁能够从最坚硬的玄武岩中把这个宏伟的纪念碑挖出去呢？我理智地理解它是由风、水和寒冷多年雕砌而形成。在我的想象中它是穿着毛皮大衣的叶罗菲伊·哈巴罗夫（约 1610—1667 后，俄国旅行家。——译者注），稍微修饰一下，这个形象将会栩栩如生。

大自然经常缺少这种"稍微"，以便把开始了的事情做到终结，稍微努力一下就能使山崖、石头、树根或者其他材料获得鲜明的形状。

光天化日之下森林里一切照常，看似没有神秘莫测之处：老朽云杉的树干上缠绕着苔藓灰白色的胡须，黑色的树根——倒木司空见惯。但是当暮色笼罩大地，倒木便开始具有熊或者其他怪兽的形状，而在树丛里，苔藓生长的地方突然显露出某些面孔和神秘的身影，这让人不禁忐忑不安：好像各种坏人在窥伺着你，臆想在膨胀，更加清晰地勾勒出它们的轮廓。清晨，旭日东升……一切都化为乌有。树根就是树根，倒木就是倒木，而隐藏古怪面孔的地方——只不过是大量树枝和苔藓植物。

当你乘坐小船沿河航行时，也有类似古怪景象：有时浸在水里的树干很像有枝形角的鹿，另外一棵树干仿佛动物伸出的掌……

由于光照交替引起的这些奇观提供了臆想的空间，丰富了想象力，但是却让人两手空空。如果好奇心很重的人，他仔细观察过鸟、兽、鱼、人的某些奇怪姿态，那么只需"稍微"加工，就能够获得鲜明的形象。

寻找大自然中的"半成品"——特别有趣的事。你在森林、河畔、海岸走着，眼睛看着脚下或者四周，突然发现适合的树根、树枝！弯曲树枝的奇怪形状使我着迷，仔细看了看，也许能够雕成小鹿、小野猪，它们由于受惊身体向后仰的姿态——柔顺、优美、无助，只需要稍微加工：把脸修一修，让耳朵竖起来。

在基济湖，在湖畔漫步我看到一个像南瓜一样的圆形树瘤。可能它影响原木的光滑而被从根上锯下来了。我把它放到圆盘上锯成两半，因为整块装不进我的背囊，况且里面已经装了不少"宝贝"。回到家里把树瘤的烂心挖出去，打磨打磨，再用火烧一烧，稀奇古怪的"木盘"展现在眼前。摆在桌子上——精美的饰品。

另外一次沿苏克派河旅行，我和朋友坐在篝火旁，往里面添加干树枝，因为很冷，我们穿的是夏天衣服。我搬来一个带有树枝的树墩，把它整个扔进火堆，当树墩燃得很旺的时候，树皮开始脱落，我突然看见树根上面有很多小坑：赤杨在大片卵石层生长，一些小石子钻到树根里当作自己的窝。我急忙从火堆抓起树墩并且灭火。朋友睁大眼睛看着我——这人是不是疯了！我把树根锯成几块，他走到跟前颇感兴趣地看着，弯曲的形状非常奇特，我用一块雕刻成一只鸭子：伸长身子，鸭嘴啄着胸前的羽毛。原来的木头已经具有雏形，稍微加工一下；把头和嘴做得更逼真些……

家里的画稿可以看作我醉心绘画的产物，是一个求知若渴的人在与大自然接触中获得知识，并决心与其他看到、听到，并感同身受的人交流的作品。如果说，绘画是完全出自我的手，那么木雕则主要是根据大自然原有的近似形状，发现它并雕刻成艺术品。这不是什么深奥的事情，几乎任何人都能够做到。尝试一下——就会知道。

树根或者树瘤的加工过程也是令人陶醉的时刻，当你开始用刨子刨木头，刨花片的树脂气味便洋溢满屋，针叶也香气扑鼻，那时候你感觉和大自然的亲密接触依然在继续。

最后的篝火

我们四个人坐在汽车上很挤，都是身材魁梧的男子汉。汽车是"嘎斯牌"吉普车，又老又旧，几乎全部"内脏"都更换过，可毕竟还是轿车。只有原来的旧牌号提醒人们汽车大修前的样子。对于我来说只有在车上才知道此行目的——猎熊。汽车的主人，我们尊敬而亲切地叫他瓦夏——四十五岁左右的健壮男子，明显的双下巴颏儿，总是笑呵呵的。他有捕猎棕熊的许可证。他一只手握着方向盘，另一只手从衣兜里掏出一张纸给我看，我只读了印刷大字"棕熊"。"不要认为是偷猎。一切都合法……"

另外两个人年龄稍大一点，五十岁左右，一个是我儿子阿廖沙，另一个是他的工厂同事瓦列里：他们到原始森林不是为了打猎，而是为了结伴。我知道我儿子不是猎人，他连小鸟都舍不得伤害。他喜欢钓鱼，主要对象是鲫鱼和茴鱼。他和瓦夏是莫逆之交，他们的友谊建立在：第一，瓦夏是个讨人喜欢的人；第二，滴酒不沾，甚至最隆重的节日也不喝酒。坐他开的车随便到什么地方去都放心。其实瓦夏和阿廖沙主要目的也不是打猎，而是大自然，在森林的僻静角落或者河畔度过时光，他们不在乎距离远近。阿廖沙的同事坐着缄默不语，我不了解他，只是点头之交。

听说要到原始森林去，我求他们带我一起去。当然不是为了打猎。我已经七十九岁，腿脚不灵，在市内树林里最多能走一公里，听力和视力也都很差。可是我这个几十年的"旅行迷"想念森林了，我答应当他们在森林里闲荡时我照看着汽车。

当我知道出行目的时，提醒他们十月中旬不是最佳季节：熊更喜欢到大马哈鱼产卵场去，而且熊肉也不好吃，有一股鱼味。这个季节在森林里遇到野兽的机会较少。"遇不到野兽，我们就采五味子。"瓦夏回答。

我只有一个愿望——欣赏原始森林的秋季盛装，如有可能把美景画下来。汽车沿着与符拉迪沃斯托克公路平行的道路行驶。灰色沥青道路遥远的前方在雾霭中消失了。道路两旁的排水沟后面生长着白桦树和落叶松幼林。白桦树纤细的白色树干在阳光照耀下仿佛披上金色的礼服，而落叶松的针叶还没有脱落，蓬松柔软，看上去像是穿着毛茸茸、火焰般深黄色的皮大衣。在林中空地、在长满逐渐变成褐色杂草的沼泽地有几个小湖，它们像大地上的蓝色眼睛仰望天空，湖水由于黎明时的寒冷颜色好像更深了。白桦树林中间的小湖周围，没有落入湖里的树叶镶上了金黄色的花边儿。

奥博尔村，破旧、荒芜，灰色的房屋年久失修，伐木以后的废弃物遍地都是，与大自然秋色的美格格不入。从这里开始是运输木材的土路，土路一直向南、通往远处蓝色的山脉。早在十九世纪三十年代，在奥博尔村附近曾经种植针叶用材林，特别是雪松，在原来的采伐基地上长出了白桦树、山杨树，树林里的草遮盖了被风吹倒的朽木、腐烂的原木、堆好但没有运走的白桦木桦、枯干树枝等。一人高的杂草、藤本植物、各种灌木林掩盖了很久以前乱砍滥伐的战场，不过你只要离开道路二三十米，你就会确信必须具有技巧运动员的敏捷，否则不是碰坏双腿，就是扭伤脖子。

狭窄的道路劈开小树林，淹没在远山的阴影中。道路两旁一片黄色树冠的幼林，还有黑色树冠的高大云杉、枝繁叶茂的雪松，它们是在采伐时期或因树干过细，或因某种缺陷，或因过熟过老而幸存下来的大树，它们也像寂寞的老椴树一样为森林增添独特的魅力，使人们回想起原始森林曾经的辉煌和雄伟。

"嘎斯牌"汽车的轮子滚动了二百多公里，走了将近四个小时的路程，而瓦夏继续往森林里面行驶，寄希望在那里能够走运！从运输木材的道路向各方面分出"触角"，我们没有沿着那些小道走。而是离开道路向森林深处走去。森林从四面八方包围我们、紧紧地靠拢我们，低垂到车上的树枝唰啦唰啦响。我们沿北部山坡行驶，经过开阔的谷地，穿越稀疏的树林看见了山的南坡，阳光照射山峰，树叶闪着金光。远山山脊上空积云飘浮，白云被秋天的气流压得像扁豆似的扁平。

"道路"把我们引向莽林深处，一片山火烧过的地方，但是还有新鲜的树木，在我们走过的地方都还有茂密的树林。在坑洼的地方有水，看不见的泉源横穿我们的道路最后消失在树丛中。看得出：沿着这条"触角"，也许自冬季以来就没有走过汽车。我们所走的山坡，上面的树林尤其是白蜡树和稠李树已经光秃秃的。而在我们经过的奥博尔村的房前小花园，我见到的西伯利亚稠李树树叶还是鲜红色的。很多树上都有被熊折弯的树枝形成的

"窝"，乌鸦在"窝"里栖息。

年轻朋友们边走边观察两侧的植物，他们记住长着成串红色果实的五味子的地方，到达宿营地以后来采。就在汽车旁边——伸手就能采到——出现一棵大树的倒木，上面覆盖一层草皮、杂草、细小灌木和野葡萄的藤蔓。红色茎叶已经脱落，一串串深蓝色的葡萄挂在树上。瓦夏刹车向后倒退，男子汉们下车摘葡萄，很容易摘下来，葡萄稍微有点干瘪，酸甜味，我们尽兴地品尝，很好吃！

野葡萄在下雪和结冻前一直长在藤蔓上，只要一晃动藤蔓，葡萄就掉在地上，那个时候葡萄特别甜，还有一股香气。

宿营地不远，在道路右侧搭着一个木板盖的遮雨棚，下面有桌子和长椅。在棚子对面有一台运输木材的拖拉机，从外表上看不是报废的。男子汉们打开油箱，里面有汽油。只有在我们这里，在森林中能够找到废弃的拖拉机、汽车甚至坦克——对于机灵的商人来说这简直就是白捡的财富。地上扔着树枝，锯好的、没有劈成小块木桦的成堆的木头。

我坐下来画画，旅伴们开始劈木桦点篝火，把家里带来的食品摆上桌。已经是下午三点钟，到喝茶的时候了。附近有水洼，里面的水清澈透明，把水壶吊在篝火上面，没过十分钟水就沸腾了，沏上一杯茶、吃着简单的食品，好好享受吧！

到森林中去必须带宿营用的东西和食品，说起食品——少得可怜！煮土豆、酸白菜、鱼罐头、一纸袋蜜糖饼。从前蜜糖饼特别便宜，任何一个家庭主妇都不好意思把它拿给客人们吃。当然，阿廖沙还从背包里拿出一瓶伏特加酒，瓦列里拿出一块猪油。瓦夏给自己倒了一杯茶，他说："各位请随便！"阿廖沙给自己和同伴各倒了一点酒，为了纪念这一天——到原始森林里去是节日！我也喝了一点点，我们碰了杯，喝了酒，吃了猪油。要知道到原始森林——的确是节日——因为现在很少与森林接触。在林中僻静地方，在篝火旁，冒着缕缕轻烟，烟时而扑向我们的脸，时而离开我们，黄桦树的树冠上满是金色的树叶，在繁茂的树荫下与大自然独处令人心醉神痴。在山的北坡树木落叶比在南坡早，那里光照多一些，植物种类更加丰富。

远东森林宝贵不仅因为木材质量好，而且还由于树种多样化。不仅品种多，还有很多亚种！白杨——六个、枫树——三个、柳树——十三个、白桦——十二个，白桦树的亚种和白桦树不同：有带黑色凸纹树皮的、矮小的、灌木状的、小叶的白桦。还有黄桦、棘皮桦以及脱皮的桦树，有的桦树上长着树瘤，树瘤大到一立方米，上面的脉络、弯曲的纹理犹如天然纹饰。

坐在篝火旁，喝着热茶，感受火焰的温暖抚摸着我们的脸和手，心潮起伏。似乎完全没有风，可是篝火上面的烟却左右摇动，是的，应该站起来换个坐的地方，烟有些辣眼睛，让人涌出泪水。我的年龄不经意地提醒：这可能是我最后一次点篝火吗？是否还有机会到真正的原始森林，而不是城市附近那些被踩平、被践踏的树林！这一次，人们劝说我不要到原始森林中去：路上颠簸、坑坑洼洼、行程遥远、途中什么事情都可能发生！此刻，我坐在可能是最后的篝火旁，欣赏着它，内心悲喜交集。我们的地球如此美好，无论生活多久、无论生活得好坏，都舍不得离开它！遗憾的是：我们没有好好关心它，只知道破坏它，而没有美化。地球当之无愧地值得我们关爱、呵护。当我们开始看到自己踏在地球上的脚印，想再一次重新好好走过，已经力不从心，为时过晚了。

无论活了多大岁数，总想看到未来，哪怕一两年以后，经历艰辛，生活是否好转？有时担忧：我们不管是好是坏，已经都度过了自己的大半生，见识过好的和不好的，甚至是任何人都不曾见到过的好与坏！但是我们的子孙们将面临什么样的生活呢？当然他们有自己的人生目标和梦想，相信未来将会美好……

伙伴们拿起背包采五味子去了，我削了一根手杖，离开篝火到附近看一看都有什么植物。脚下是松软的草皮、散落的各种颜色的树叶，可以收集一些做出五彩缤纷的镶嵌画，类似用花瓣镶嵌的画那样。蕨菜宽宽的叶子向地面低垂，楼斗菜枯萎的叶子还没有脱落。山的北坡潮湿，光照较少，阳光很难透过密密层层的树冠照射到大地，因此那里生长着掌状铁线蕨菜，它们喜欢潮湿、阴暗的地方，细茎上绽开的花瓣很像张开五指的手掌。简直就是人的手掌！掌状铁线蕨菜具有非凡的美，森林中极为罕见，不像楼斗菜或者其他根茎禾本科植物比比皆是。

到处生长着木贼，茎细、茎上有节，像绿色的小管，有铅笔那么粗，比铅笔长。冬天饥饿时期木贼作为野猪的饲料能够挽救它们的生命。木贼的茎含有很多钙，原始林区的居民们用木贼代替金刚砂刷洗被烟熏黑的锅。

白蜡幼树在其他幼树当中尤为显眼，树枝的末端长着粗壮的未来的幼芽。夏天幼芽绽放出椭圆形的叶子，很好看，像核桃树的叶子，稍小一点。

我没有注意，脚被绊到猕猴桃树的藤蔓中了，本想折断一根棍儿，没想到是刺龙牙树。猕猴桃树的叶子已经脱落，果实还在，甜甜的味道。五味子树的藤缠绕在树上，藤上果实不多，特别好吃。林学家乌先科把它叫作五种味道的浆果，虽然难以分辨，但能够感觉到。果实和藤蔓的皮含有滋补强壮的成分，五味子是药用植物。

在蕨菜和楼斗菜中间有一种植物叫作重楼，叶子很窄，结蓝色果实，四十年前我曾在巴贾尔山脊上见过，至今记忆犹新。

在树林里有很多稠李树，树皮青铜色，树干带有细小的横纹。作家亚历山大·格拉乔夫在创作中篇小说《树林簌簌响》的时候，我和他登卜过赫霍茨小山，在山的北坡山隘这种稠李树很多，一个树根可以长出十根树干，在西伯利亚白桦树的生长也有类似现象。

将近黄昏，我一直画画。不久男子汉们回来了，把浆果倒到筐里。急忙吃了点食品，喝了热茶，然后要去打猎，委托我守护宿营地。他们说："让篝火一直燃烧，我们过两三个小时回来，回来的时候有火光照亮，可以立刻把垫子铺在地上盖上衣服睡觉。"儿子从汽车里拿出羊皮袄，可是太小了，袖子伸不进去，衣襟扣不上，只好披着。给我留下一支能够打鸟的步枪。他们说："以防万一，原始森林，也许，野兽……"我说不要，右眼完全看不见，不能射击要枪有什么用？"伊万诺维奇，你不要以为我们去的路程不远就平安无事。"瓦夏说，"有一次我在野外过夜，随便躺在汽车旁边睡着了。深夜突然听到附近有老虎吼叫。我像被大风掀起一样钻到汽车里。野兽的行踪可没准儿……"

"好，如果有熊来，我就钻到拖拉机的驾驶室里！""拿着枪，让人放心！"大家说服了我。

篝火燃烧得很旺，火光很亮。也许，天色渐黑更显得篝火格外明亮吧？太阳已经落到山峰后面，天空中仍有一抹余晖，黑暗每分钟、每分钟逼近大地和树林。猎人们上了汽车走了，留下我一个人。夏天的鸟离开了森林，越冬的鸟还没有现身。异常寂静，只是劈柴突然燃烧得很旺，火苗向上蹿，发出噼啪声，画出火红的曲线进而重又悄然无声。篝火照亮了附近的树干、浓密的树叶，阴影互相交织、晃动，黑色的倒木好像神秘莫测的活物——也许，在一个人身处夜晚的幽暗密林时，人对森林敌视的原始本能又被唤醒了。

这时如果有什么人向篝火走来，在没有碰到我的肩膀前，我是听不到脚步声的。为了能够看见有人来，我应该后背对着篝火或者坐得远一些。我拿起羊皮袄、步枪钻进拖拉机驾驶室坐下，把枪放在膝盖上默默地休息。现在如果有人出现，我会第一个发现，但我将一动不动，不引人注意。

夜幕笼罩，繁星布满天空，银河显得更加明亮。那乃人把银河叫作鹅羽之路。不久天空的东边逐渐发亮，我明白那是皓月缓缓爬上夜空。森林一片黑暗，只能看见篝火的光亮，火苗晃动，劈柴和大块木头燃烧时噼啪作响。我从远处看着火星儿飞溅很远，但不会燃烧到树木——周围非常潮湿。树上的叶子落到火堆上，它们从树上不声不响、不知不觉地脱落就像黎明前露水从沉甸甸的植物上脱落一样。没有一丝风，树叶突然从树枝摇摇摆摆地飘向大地。

天边泛起了鱼肚白，已经看得见树枝和树梢在森林组成的黑墙上方明显交织。圆圆的月亮用细细的眼睛观望，银盘仿佛费力地挂在高空，像鱼从黑色渔网挣脱那样困难。不久，月亮的银盘放射光芒，森林中开始透明，茂密的白桦树林和柔嫩的白色树干清晰可见，废弃的道路显露出轮廓，月亮在水洼上倒映，篝火冒出浅蓝色的烟，简直无法用任何颜料画出，也许从前的艺术大师们——俄国画家库英则（1842—1910）、俄国画家波列诺夫（1844—1927）、俄国画家克拉姆斯柯依（1837—1887）以他们的高超技巧，或者意大利画家达·芬奇（1452—1519）以他首创的轮廓渐淡法，能够画出这些颜色。

　　月亮在天空上缓慢浮动，周围是欢乐的花环。皎洁月光照亮了陷入沉思、寂然不动、昏昏欲睡的大地，覆盖了森林和灌木的山脉、夜幕下显得发黑的湖泊、泛着银光的泉源、大河和小溪。

　　突然，不知从哪里吹来一股冷风，好像寒流从上到下滚滚袭来，它冲向篝火，将篝火的烟向我吹来。火焰猛然更亮，火舌腾起，瞬间减弱。一下子冷了许多。我把羊皮袄盖在腿上，嘴里呼出热气暖手，或者双手互相摩擦生热。时间似乎停止不动，像我年轻时在军队站岗时那样。只有月亮缓缓向南移动，篝火渐渐熄灭表明时间在流逝。我应该从拖拉机上下来往篝火里添加木桦，但舍不得皮袄下面保存的一丝余热。"伙伴们马上就会回来——我想——现在篝火对我没有用！"看来我坐了好像很长时间，已经深更半夜了，他们干脆把我给忘了。原始森林里伸手不见五指怎么能够找到野兽呢？也许在道路附近能够出现？不过野兽觅食的时间已经过了……

银色的月光在沾满露水的湿润树叶上闪烁。在各种叶子当中能够分辨出黑色的云杉树，它们尖尖的树梢戒备地，甚至敌意地瞄准月亮。白桦树的树干白得耀眼，潮湿的篝火即将熄灭，已经不再熊熊燃烧、不再飞溅火花、不再吐出火舌，只剩没有烧完的木桩还有残火，微弱的烟飘到我这里。"多么神奇的夜——我在想——月亮、篝火、魔幻般的黑色森林。在我的有生之年是否还有下一次呢？这样的篝火从前有过无数次，总感觉这是最后一次！……"

远处车灯闪了一下，熄灭了，为了车走近时灯光更亮。汽车停了下来，照亮了我，我明白他们回来了。我没有听见枪声，知道猎人们没有碰到野兽，也就只字不问了。他们帮助我从驾驶室下来，活动活动麻木了的腿走到篝火旁，火苗互相助燃，烧得很旺……

瓦夏让我到汽车里睡觉，但我更喜欢在繁星之下的大地上入睡，谢绝了瓦夏的好意。儿子睡在身旁，盖着皮大衣、羊皮袄，他们还把谁的衣服也盖在我们身上了。半夜我冻醒了，赶快把身下的衣服盖在头上，然而寒冷之神坚决不放过人们，它总是在黎明前出现，用刺骨的寒冷迫使露宿在森林、山上、河畔的旅行者们屈服……

早晨我们起来得最早。阿廖沙为把篝火烧得更旺一些，添加了木桩。原始森林有自己的法则，见多识广的埃文基人格尔莫格诺夫不止一次对我说过：第一个起床的人应该点起篝火。他说的原始森林中的法则适用于那些经常出入森林的人，而我们城里人想不到这些，甚至忘却，更有甚者与法则背道而驰。还包括在冬季小屋过夜之后，必须为其他遇到恶劣天气的过路人留下木柈、一把食盐、火柴和某些吃的。所有法则归结为一点：不要忘记他人、帮助他人、营救他人，当你遇难时，他人也会营救你。

阿廖沙很快清洗了土豆放到锅里煮，然后又烧了一壶开水。他从水洼打水回来时说一夜间水洼结冰了。

白天风和日丽，我们这里十月份经常有这样好的天气。白桦树披上金装、树叶尚未脱落的枫树闪着红光、山杨树的树叶像火舌一样颤动，火光洒在湛蓝的湖面上。

下午四点钟把我送回家，安然无恙。"你浑身上下都是篝火的烟味，还有森林的气味。"妻子从我的手里接过装着野葡萄和五味子的背包时这样说，"甚至脸色都变好了！""你知道我有多么担心啊！""我从来都不会出事的。"我这样安慰她，其实我心里暗想：我多么希望在原始森林里迎接生命临终那一刻，该是何等的幸福啊！难道我能够抱有这样的奢望吗？

生命之根——人参的寻找

我们七个男子汉坐在兹梅伊纳亚河畔的小屋里，这里离最后一个木材采运居民村大约七十公里，在这里等候天气好转。钻到深山老林是为了寻找人参，我们当中只有三个人对"生命之根"有所了解，知道该怎么做：他们是"组长"费奥多尔·米哈伊洛维奇、绍京以及船主帕维尔·季莫费耶维奇。其他的人只在花盆里和绘画上看见过人参。

帕维尔·季莫费耶维奇年轻时候和中国人一起挖过人参。他的任务是保护俄国挖参者劳动组合（劳动组合：苏联早期私人劳动组织，是国家同意对某些资源进行私人开发，例如：金矿、采参、捕鲸等，有一系列规定，规模从几人到几十人。——译者注）不受强盗们的袭击。中国人在自己的劳动组合里至少雇用一名俄国人。他在那里学会了采集人参的学问。这是在苏维埃政权建立最初在滨海地区锡霍特山脉东部支脉发生的事。

"当时学习很难吧？从来没有见过人参的人。怎么能够学会呢？……"阿列克谢问他，阿列克谢是我们上路以后加入进来的。

"没关系！如果你的肩膀上长的是脑袋而不是木头疙瘩，为什么不能够学会呢！最主要的是熟悉原始森林，就是说不要迷路，比如，你往哪个方向走，你就要保持……"

这些我们都懂，我们甚至不明白为什么老生常谈。我们感兴趣的是采参，尽管他不认为这是什么特别困难的营生。

"采参嘛，小事一桩。找到了人参，挖出来，用不了多长时间。起初我以为采参有一些什么秘诀，仔细观察发现：是人们故意编造一些鬼名堂，为了阻拦更多的人介入采参。也许由于愚昧无知、由于迷信出现了各种传说。应该知道人参不是随时出现在你的脚下的。原始森林大得无法走遍。猎人在野兽觅食的地方猎捕，人参在它生长的地方挖掘……"

我们这些新手贪婪地听着，捕捉他的每一句话，不住地点头，意思是让他接着说啊……

"老挖参人有一些祷告词，比如：找到了人参，立刻跪在人参面前磕头，祷告说：'棒槌、棒槌，至高无上的神灵，你不要走！我摆脱了罪恶和邪念以纯洁的心和灵魂来到你的面前。你不要走！……'你们看，他们认为人参不能落到恶人手里。人参经常改换自己的面貌：在森林里你看见野兽、飞鸟甚至石头，而它们在你眼前又立刻消失不见了，记住这就是人参。必须祷告，忏悔自己的罪恶，明年你再到这个地方来，准会挖到人参。如果你是恶人、不诚实的人最好不要去采参——老虎或者熊会吃了你。不过事情不在祷告，不在传说。这都是出自他们的无知。可是他们遵守法则。他们不挖幼小人参。找到了，标记出地点，在周围插上一些木棍，让幼参继续生长。其他任何人不许挖它，有人要挖，就会被认为是盗窃。尽管老挖参人文化水平不高，但是他们具有起码的林中常识。在原始森林里走路，应为后来的人留下记号：不要向前走，什么也没有；这里危险；附近有恶人；房子在附近；房子较远……记号各式各样：在树上砍出树号，在岔路口放上苔藓……别人走过也留下记号，人们互相伸出援助的手。再说人参，挖出根须之后，把种子仔细地埋在土里，把周围的土松一松，以便人参根须长得茁壮。也是为了这一行业得以继续。说不定，我们现在能够沿着那些老的地方找到人参呢，谁知道……"

上了年纪的人尽兴地喝足了茶爬上阁楼睡觉去了。我们坐在这里，我还在想帕维尔·季莫费耶维奇说的话。显然，他说的话有一部分是对的，不然为什么在森林规则中指出："不允许把找到的人参种子带出森林，必须把种子种在原地。"看来这是继承了古老的传统。阿列阿尔——人参生长较多的地区——由于人们不把种子种在原地而人参数量急剧减少。减少的原因还有：从前人迹罕至的原始森林开始开发：砍伐森林、开垦田地、修筑道路，适合善于挑剔的人参的生存条件日益减少。阿尔谢尼耶夫曾经写道："人参分布较多的北部边界——阿纽伊河，赫霍茨尔山。"目前很少有人在哈巴罗夫斯克附近找到人参，只能在比金以南的地方去找。

米沙对我说的话表示怀疑：

"为什么？在马泰也有人参。卡利亚金父子俩去年卖了好几公斤呢。"

"你看见了吗？"沃洛佳问，他是费奥多尔·米哈伊洛维奇的伙伴和搭档，"我们沿整个马泰找了个遍，连鬼都没有遇到。现在卡利亚金成了笑话，我认为他是撒谎……"

"如果你们想知道，去年我在那里为了寻找人参浪费了一个月的时间。"米沙认真地说，"白去了，不过卡利亚金没有撒谎。确有此事……"

"啊！朋友，你已经是挖参人了，怎么不早说！"

"有什么好说的：白白浪费了一个月时间，连人参的影子都没看见。"感谢费奥多尔·米哈伊洛维奇给我看了人参，不然我都不知道人参长什么样。在那里第一个找到人参的不是卡利亚金，而是木材采伐队的工长霍罗什科。他沿着拖拉机轧出的道走着，看见一朵结着红果的奇怪的花。他根本没有想这是人参还是什么别的花，把茎连叶带花给折了下来，拿回到队里给大家看也许有人知道叫什么花。卡利亚金是拖拉机手，他看了以后把茎和果一起揉碎扔到篝火里，"什么破烂货！"他说，"这不是人参。是野胡椒……"

霍罗什科起初困惑莫解，问："你为什么要这样？""怎么，你是小孩子吗？你真让人莫名其妙……"

第二天晚上卡利亚金去找霍罗什科好像有什么正经事似的，实际上是喝酒，当有些醉了的时候，卡利亚金问：昨天到哪里去过？怎么走才能够到那里？霍罗什科详细地告诉他：从林间小路回来比较近，说了对方想要知道的一切，没有任何隐瞒。天亮以前卡利亚金突然生病了：呼吸困难、痛得哎哟哎哟地叫。可巧拖拉机也出故障了。大家都上工去了，他背起背包到森林里去了。在林中转了一天，横向、纵向都找了，直到晚上两手空空败兴而归。他再次找霍罗什科，直截了当地问："你在什么地方找到的那朵花？""现在怎么不说那是野胡椒了呢？"卡利亚金说，"你别生气！当着大家的面我不能对你说那是人参，要说是人参，第二天全都跑到森林里去找人参了，谁干活呀？告诉我地点，我和你一起去……"

霍罗什科及时地从醉酒状态清醒了，明白那不是"野胡椒"，一大清早跑到森林里去，挖出来像胡萝卜一样的人参，很大，大约二百五十克。拿回来给卡利亚金看："看见了吗？不要再找了，没有了。"

卡利亚金看了之后浑身颤抖，说："啊呀！你活活把人参给糟蹋了，哪能这么挖呢？现在没有人会买它了，卖给我吧！"霍罗什科回答："如果你不欺骗我，也许我会卖给你。老实说，现在——我才不在乎它值多少钱呢！我自己用，买一瓶酒，泡人参酒喝……"

米沙说得如此绘声绘色好像他自己亲眼见到的一样。一般来说他是讲故事能手，特别是他亲身经历过的。

卡利亚金哄骗他，说了很多花言巧语，强迫他说出人参生长的地方。霍罗什科怎么知道在找到一棵人参的地方周围还有人参。特别是百年老参每年都结出种子，鸟帮助把种子撒在附近。他们谈妥：一起去找，如果找到——各分一半。卡利亚金为了转移视线说话一直兜圈子，找人参的事就此作罢：没有关系，反正再也找不到了。加上工作太忙，一天累得不得了，哪有时间找人参啊！

霍罗什科认为这事到此结束，其实不然，卡利亚金当天给父亲发了电报：快来，遇到好运了！三天后父亲来了。是个机灵、能干的老人，挖参的内行，可谓老马识途。黎明前背起背包，拿起手杖——走进森林，晚上回来。一个星期老人挖出了三十六棵人参……

"啊！霍罗什科呢？"

霍罗什科？！甚至连一戈比都没有分给他：说，不是你找到的。他是个宽宏大量的人没有计较。当我们听说这个故事后去找他让他告诉地点，"晚了。"他说，"卡利亚金父子俩都挖走了。""你的那份。"我问，"不是说给你好处吗？""好处，胡说八道。"他回答说，"卡利亚金买通了一个伐木工，坐上拖拉机到森林去，那个人挖了两棵人参挣了一瓶酒。"后来这个伐木工又带我们去了这个地方，走遍了整个山，见到了他们挖过的坑，但是再也没有发现人参的迹象。父子俩是在一公顷的面积上挖了三十六棵人参，这有可能是从前的种植园，或者是种子自然散落到周围的。我们从那里到了阿尔昌，从阿尔昌又到了比金，像鬼一样东走西审的，最终什么也没有发现，甚至也没有看到树号，表明从前没有人在这里挖过人参……

"他们可真走运。"阿列克谢感慨地说，"一公斤—— 这可不是闹着玩儿的小事。值多少钱，二三百卢布？"

"你得了吧！"绍京解释说，"特级人参一克卖到五卢布，但是通常采购员害怕买贵了，一克只给一或二卢布……"

"一公斤能够卖一千卢布！"阿列克谢长吁了一口气。

"让那些傻瓜们按一二卢布一克卖去吧。"沃洛佳说，"你先找到一公斤重的人参，然后再说。你还得到区里的收购站。在哈巴罗夫斯克三四卢布疯抢，还得说谢谢。从高加索、科雷马来采购的人出的价更高，最好卖给他们。"

"一千至两千卢布你认为还少吗？"阿列克谢吃惊地问，"值这么多的钱，不就是在树丛里长的吗。这靠的是运气！"

"是太狡猾，不是运气！"米沙气呼呼地说，"难道事情在于钱吗？他们这么轻易地骗人……"

"为什么要分给霍罗什科？是为了祝他长寿吗？要知道，霍罗什科并没有把那棵人参卖给卡利亚金，凭什么要分给霍罗什科钱呢？"

"霍罗什科没有给他，做得对。"米沙反驳说，"可是他告诉了采参的地点，就凭这一点如果不分给一半，也得给人家四分之一，这样才公平。"

"休想！"阿列克谢眼睛闪着怒火，像叫春的猫打架之前那样，"要是有人骗我，我会加倍让他偿还，既然遇到这么个'草包'，他自作自受——是他自己太傻了。"

"你们不要吵了。"绍京说，"这不在于分成问题，在指出的地点没有找到一片人参叶子，没有发现任何记号，这就好比把你带到森林，然后说：我的钱包丢了，帮我找一找吧！你们的霍罗什科太容易上当受骗了。"

"我说的就是这个意思！"阿列克谢支持绍京的看法，"人参就是一大笔钱。喔哟！"

轻纱般的薄雾在河滩的上方弥漫。树林、灌木、草丛洒满露水，河面上冒着水汽。太阳升起来了，但是还没有照到谷地。

薄雾吸足阳光，光线在树林里四溢。

一夜之间，河水减少。昨天还在陡岸下我们帐篷边的河水，现在退潮了，露出沾满淤泥的杂草、蕨菜、绿色木贼的管状茎干。

阿列克谢在篝火旁忙活着，把昨天没有烧尽的炭火块儿聚拢在一起：继续燃烧，再往里面加一些木桦。沃洛佳在离宿营地不运的地方钓鱼。

"怎么，都起来了？"从帐篷里传出长者的声音。

"帕维尔·季莫费耶维奇，您再躺一会儿吧！"阿列克谢回答，"等烧开了水沏好茶以后，您再起来。"

由于干活，阿列克谢过早秃顶的头上开始冒汗，脖子通红，脖颈上完全没有皱纹，很年轻。他和沃洛佳一样，干活迅速、手闲不住。

太阳从山脉陡坡升起，刺眼的阳光穿透茂密的树叶照射大地，燃亮草丛、落叶、奇形怪状的蜘蛛网、钻石般闪闪发光的露珠。

六点半以前我们吃完了早饭，大家开始集合，急忙穿好靴子。

和帕维尔·季莫费耶维奇一组的有阿列克谢和沃洛佳，背上几乎是空的背包，一个跟着一个到森林里去了。薄雾散开，到处洒满冰冷的露水，只要伸出手掌，就能够接一捧草丛上流下的露珠。

"好，我们也该走了。"绍京说，挖参人有这样的规矩：一组人和另一组人不能去一个方向，他们朝一个方向，我们朝另外一个方向。

绍京从背囊里拿出小口径步枪（为了携带方便把枪托锯得最短）。戴上鹿皮手套，帽子下面扎着白色头巾，避免林中杂物和昆虫钻进领子里。我在背包里装了小锅、斧子和面包干。

"你的手套呢？"绍京问。"你怎么拨开灌水丛？那些刺会把手刺破的。"

"我怎么知道呢？夏天……没有人说……"

"拿一瓶酒来，我给你。"米沙笑着说。

"算了吧，不戴手套也能对付……"

离宿营地不远便是陡峭山峰。我跟在绍京后面，抓住长满青苔的突出的石头、树根和低矮弯曲的橡树林的树干向山上攀登。山坡由泥灰岩组成，覆盖着一层腐殖土，在成片的橡树林当中夹杂着弯曲多节的白桦和落叶松。

我们登上了最陡的巅峰，坐在岩石上休息。从上向下看有两条河。河水看不清楚，但是根据河滩地黑暗的树丛和河岸中间狭窄的白色亮带判断这是河流。浅黄色的烟雾笼罩在几公里宽的河谷上方，两条河流依然清晰可见。只是从远方遥望，森林密布、连绵起伏的山峦仿佛翻滚的浪涛。天空积云投下的阴影使得青山沾满斑斑点点的污迹。由于高人密林像墙一样阻挡，左右两侧什么都看不见。

"是这样，"绍京开始讲话了，"该工作了。首先削手杖，要轻，但要结实。发生意外时能够支撑身体。不要剥掉树皮，这样拿在手里不滑……"

他开始从最简单的采参知识讲起，像对待刚入伍的新兵那样。结束时他说："从前有过这样的规矩：第一次挖参，挖到的最大的人参应该送给师父……"

当绍京转身走了以后，米沙向我眨了眨眼睛，说："我们知道他要的这套把戏！难道他不想要吗？！"米沙在绍京背后做了一个污蔑的手势。

我们出发了，绍京走在我的右边，米沙走在我的左边，怕我迷路我走中间。他们是有经验的原始森林居民，而我是原始森林的外来客。他们在离我十五米至二十米远的地方各自走着，为了不中断联系我们吹着口哨。在这样的莽林迷路是真正的灾难。到处生长着高大的雪松、椴树、黄檗树，树冠和树冠紧密相连、合拢在一起，还有密集的难以穿行的榛树林。榛树的果实——榛子，果实包在带刺的外皮里，只要一碰，尖尖的刺就会刺痛皮肤。被榛树刺痛还不算什么，更麻烦的是你的脚可能被野胡椒或者刺五加绊住，后者如同野蔷薇一样带刺，上面还有许多藤互相缠绕。很难从这样的树丛走出去。刺五加的掌状叶很像人参的叶子，只是稍宽和稍短一点，而且缺少光泽，我不止一次看到这样叶子的幼苗时，心里为之颤动：莫非是人参？弯下身子仔细一看：茎上长满尖刺——野胡椒！

太阳穿透被微风摇动的树枝，沾满露珠的树叶反射出的光芒有些刺眼，光点时而闪亮、时而熄灭。

一开始我用手拨开灌木丛，把树枝折断，后来用手杖敲打。必须折断树枝作为记号：曾经找过的不必重复再找，或者，还没有寻找的"空白"地段。全部注意力都集中在一点——绿色的草丛里突然露出人参红色的头！越向前走，越激动，迫使人忘记疲劳：找到、找到，要第一个找到！眼睛，像中了魔的人那样盯着地面，从不离开。闪出一个红点，我立刻向那里跑，生怕这个植物跑掉。到跟前一看，失望地转身：原来是接骨木！深绿色、苦涩气味、长着红色果实的灌木。偶尔，突然闪出一朵红星，不过不是人参，是结出红色果实的草。

我把这种草拿给绍京看，他沉思地皱起眉头，然后说：这是假人参，植物学家们指出有几十种，其中真正的——人参——只有一种，所以找到它特别困难。

在一棵老雪松树上似乎有什么记号——难以猜测，因为树皮被砍过。在山上不停地走了半天，该休息了。我用手杖敲打树干，这是信号——树上砍着树号。绍京和米沙从草丛里钻了出来。

"狡猾的树号！"仔细看过雪松后，绍京说，"有人砍了树号，又不想让其他人看出来。经常有人这样干……"

啊！现在最好躺在地上，伸展双臂和双腿，什么也不想地望着蓝天，让全身放松休息！可是大地潮湿、石头很凉，连倒木也是湿的——只能坐在上面。老挖参人通常在后腰上系一块獐皮，在这种情况下可以坐在獐皮上面。我们现代人，注意不到这些"细节"，不得不站着休息。

绍京吸了烟，把烟头踩灭。让我们在狡猾的树号附近仔细地找一找。

傍晚，我们垂头丧气地勉强活着回到了宿营地。初起找人参时，觉得只要钻进森林，神秘莫测的人参会立刻出现在眼前。但我们不停地走了十二个小时也没有见到人参——情不自禁地丧失了兴趣。太阳缓缓落到森林后面，晚霞染红了树梢和山坡。我的眼前总还是花花绿绿的颜色，无论向哪里看，到处都是人参红色的果实。

另一组的伙伴们已经回到了宿营地，洗漱以后换上了干衣服。桌上随便扔着几枝连叶带果的假人参茎干。

"工作日"规定严格：早七点到晚七点。两天之内我们沿山坡穿梭似的来回走，几乎每平方米都查看了，总归是不走运。不走运，哪怕再拼一下！

我的衣服这两天已经破烂不堪了：外套的袖子和下摆、裤子膝盖以下都被挂破，大窟窿小眼儿的，靴子也龇牙咧嘴的。幸好还带了一双新靴子备用。

无目的地在森林里闲逛是一回事，那时候你可以选择好走的地方，现在不行，必须向既定的方向一直走，因为你们三个人拉开距离平行往前走。况且，如果你绕过倒木、树丛，万一人参就隐藏在倒木下面呢？

我的心绪不佳：不再奢望和狂热地追求了。不，寻找人参谈何容易！

太阳照亮山的东坡，还有很长时间才能温暖我们的宿营地呢！轻雾笼罩河谷与密林中难以通行的地方。草被露水压得向地面下垂，树叶发出簌簌响声。蜘蛛网由于潮湿摇摇欲坠，夜间寒冷的蜘蛛缩成一团躲在自己的网中。

当冰冷的雨点落到干衣服上，起初非常难受，然后——无所谓了。再继续往前走，衣服全都湿透了，好像到森林来之前在河里浸泡过似的。

我们已经"踏遍"了整座山，但不影响沿山麓寻找：有时候人参生长在较低的地方。没有商量，我们从左侧绕着山走，右侧直到山顶都生长着雪松、椴树、枫树、冷杉。没有必要到那里去：不适宜人参生长。我们从雪松林边缘走着，没有报什么希望，只是顺便看一看草丛。突然米沙呆住了并发出信号："停！"他发现了什么。我给绍京发了信号，当时他正在回头看。为了不发出声音米沙悄悄向我们走来。他惊慌地问：

"听见了吗？"

黑暗的云杉林里传出哼哼声或者是吼叫声。

"是母熊。"米沙小声说，"听见我们有动静，要带着小熊逃走，我们不要动……"

他努力装出轻松的神态，强做出的微笑暴露内心的恐惧。他是个猎人，有一次他被一头受伤的熊追着跑，他知道那是什么情景。绍京从背囊里拿出小口径步枪，我拿出斧子。我们站在那里仔细看着、听着。母熊带着小熊走了，走过时发出沙沙声、呜呜声。最终，悄然无声。有惊无险！

附近传出山雀的叫声，雨点拍打树叶发出拍手一样的响声。重又万籁俱寂。寂静笼罩森林、笼罩我们这些不走运的完全隐没在无边无际森林里的挖参人。一旦出了事故：生病、被树枝刺破脸、不小心扭伤了手脚——从森林里把受伤的人弄出去，我们这

诺亚方舟

几个人几乎是力不从心。不由自主地明白了为什么挖参人那么尊崇迷信的说法。

旭日还没有冉冉升起，霞光已经刺破薄雾和树枝的屏障照射到沾满晶莹露珠的蕨菜和草丛上，椴树幼林宽阔的叶子闪闪发亮，雪松浅红色的树皮呈现出金红色……

不，我什么都不相信，尽管经常错误地把接骨木和假人参看作人参，但在内心深处，一个人默默走近被阳光照得通红的人参果实，从周围无人的草丛里把人参挖出来，这种快乐的预感使我的心都要跳出来了。

离雪松树根附近半米远的地方，在鲜嫩的掌状叶中我发现了莲座叶丛，莲座叶丛的细茎上生长着鲜红色的果实。旁边还有一棵，其他的红头美男子隐藏在雪松树干后面了。我想象着如果不是阳光照得果实鲜红，我会不在意地从旁边走过去，当时我浑身发冷。成功有时候取决于某些细节！我摸了一下果实、叶子，很干，尽管周围的露珠闪亮，我觉得奇怪。这意味着：真的是人参。

意外惊喜使我忘了规定信号，我用手杖敲打树干。米沙和绍京同时跑来。

"发现树号了？"

"弟兄们，人参！大家都有份儿。"

"奇怪，你怎么不大声喊'棒槌'？"

"难道要喊吗？"我当时可能很愚蠢、很惊慌失措的样子，好像不是找到人参，而是丧失了一切，要进棺材似的。米沙吃惊地看着我，然后突然哈哈大笑，握着我的双手，祝贺我成为走运的第一个！

绍京环顾四周，把背囊取下，把步枪紧靠在树干上，一本正经地在人参周围走着、看着。

"不要踩这一片！"绍京严厉地警告，旁边可能还有人参！——他开始教导，"找到人参时必须喊'棒槌'，不然它可能逃走。从前找到大的人参时应该把它'锁住'——挂上一条拴有硬币的彩带……"

是的，我听说从前人们相信：人参逃走时留下一层皮，如同俄罗斯童话中美丽的华西丽莎临走时留下自己的青蛙皮一样……

顺利！走运！我是最没有经验的挖参人却第一个采到人参。我想也许事实上我真是走运！禁不住高兴得在心里欢唱："找找到了！找到了！……"沮丧的情绪不翼而飞、被刺破的手不再疼痛，一分钟前雾气弥漫的森林仿佛顿时明亮——苏醒了，五彩缤纷。茁壮的蕨菜伸展宽大密集的叶子很像高大的花篮。在胡枝子旁边生长着刺龙牙树——北方的棕榈树，树干笔直，没有树枝，树冠伞形像美妙的羽状绿叶编成的帽子。

此刻，我原谅树木、杂草对我的伤害，那些尖尖的刺扎进皮肤痛得钻心。算了，伤会好的……

白蜡幼树在茂盛的猕猴桃、五味子、野葡萄藤的互相交织中冲了出来，林中飘散杂草、针叶和腐烂的气味。周围是奇妙的绿色王国！对于不感兴趣的人来说，这个王国只是一片沉闷的绿色。而对于熟悉、喜爱绿色王国的人，它则兴致勃勃地与他们对话。

微风吹拂树冠，森林沙沙作响，太阳的光点在灌木丛上方嬉戏。

很多年以前别洛韦日森林自然保护区热情地接待了我们这些

诺
亚
方
舟

远东客人，当问到以什么样的心情离开那里时，我坦诚地回答："以眷恋故乡的心情。"这种情感永远伴随着我，哪怕离开故乡只有一个月的短暂时间。在我看来，没有哪个城市比我的哈巴罗夫斯克更好，没有哪一条河比阿穆尔河更加浩瀚，任何地方都没有我们这样的森林。森林啊！我甚至难以想象如果我的身边没有森林，我将会怎样……

在这棵人参周围没有找到其他的人参，我们在四周搜遍之后回到了绍京这里。他挖出来三棵人参，非常艰难：土下面有树根和石块，人参细长的根须钻到它们之间的缝隙里，蚊虫叮咬和土地潮湿也干扰正常工作。我们在附近点起篝火，烧水喝茶，篝火的烟能够熏跑蚊虫。我们坐在地上看着挖人参的艰难过程。

这棵人参非同一般，它的所有根须都生长在雪松树根近旁，绍京用了半天时间才挖出来。每个人都可以挖，没有什么秘密，就是眼睛得紧紧地盯着，不允许挖断须子、碰伤根，一旦人参不完整就卖不出好价钱。当然挖人参最灵敏的工具不是小铁锹，而是人的普通手指。

这一次我们回到宿营地很累，不过都很满意。另一组人从我们的脸上已经猜出我们挖到了人参。

"怎么，你们挖到了？"帕维尔·季莫费耶维奇见到我们问的第一句话，"没有白去吧？"

"走运了，不是大运！"

"都三天了，我还是'未婚夫'，一根都没挖到！"

"我们组只有米沙还是'未婚夫'，其他人首开纪录，有了好的开始。"

诺
亚
方
舟

"会有的！你们踏遍整个山，米沙将会首开纪录！"

沃洛佳和阿列克谢在篝火旁忙活着，除了用浓缩食品做的汤以外，一个人煎了蘑菇，另一个人——炸了鲦鱼。沃洛佳怎么来得及捕捞到鲦鱼，天知道！有时候我觉得他从来不知疲倦，像铁打的汉子！

晚饭以后天色渐暗，冷水游泳爱好者们钻到河里哈哈大笑、尖叫。米沙经不住诱惑开始脱衣服，我坐在篝火旁和帕维尔·季莫费耶维奇聊天。

黑暗的森林上空升起皎洁的圆月。

我不知道，"生命之根"是否能够帮助老人获得第二次青春、返老还童。我只知道人参没有使我比从前更富有、更健康。可能心诚则灵，如果非常相信它的神效，它们将使疲惫不堪的人精力充沛、萎靡不振的人精神焕发。不过我不相信，我更相信森林有益于健康。寻找人参让我更好地认识了森林，丰富了未来的回忆，每一次到森林去都是我生命中最幸福的时光。

猎人走过的小径

由挤得满满的、两节小型内燃机车组成的火车沿窄轨铁路把我们送到原始森林。左侧，淡紫色树皮、下部被烧黑的稀疏落叶松林，入冬前针叶脱落，看上去通透、开阔、没有挡风遮雨的茂密树冠，像孤儿般可怜。被秋风吹得枯萎、变白的拂子茅和白芷沙沙作响。落叶、树根、黑色倒木覆盖在单调的黄毯下面。杂草、山杨、白桦、橡树和很多泉源，蜿蜒的河流绵延几十公里，直到涅姆波特河河谷。

右侧黑色针叶林像一面墙一样傲然挺立，我们乘坐窄轨铁路火车就是要到那里去。我的同行伙伴们用宽皮带把背囊紧紧地系在肩上，他们替我背了一些东西，因为到那里路上要花很长时间。只有现在我才发现他们具有各自的特征。

普罗斯库里亚科夫像一个老兵，体态特别匀称，穿着旧的士兵制服，歪戴着帽子，为了走路方便士兵大衣的下摆剪得很短。我想象着：年轻时他肯定是个勇敢、豪放的人——帽子下露出一绺油黑的蓬松额发、健壮的宽肩膀。至今头上没有一丝白发，满口结实的牙齿，尽管他已经六十岁，寒冷和干活使他天生黝黑的脸膛变得红润。

切列帕诺夫比他小四岁，看上去更老，也许只是因为他白发苍苍。他长着一张俄罗斯人的典型面孔，一副安详、和蔼可亲的神情，眼睛流露出内秀，他善于使不驯服的狗露出快活讨好的表情。当他脱下呢子西装上衣时，我才看出尽管头发雪白，但是肌肉发达、脊背很宽、双手有力，体格还是很健壮。

绍京比他们两个年轻、敏锐，他是从前的军官，现已退伍。有某种共同的东西使他们亲近并且相似——根深蒂固的原始森林居民的技能熟巧，与原始森林接触时眼睛里闪出的喜悦光芒。

微风吹拂树木簌簌的响声、啄木鸟小心翼翼的啄木声、山雀的吱吱叫声汇成独特的交响曲。忧郁、神秘的冷杉站在那里，它的树荫下隐约现出一条小径。

路旁的驴蹄草上覆盖透明的薄冰，香蒲和芦苇的茎干待到春天才能复苏。香蒲的浅褐色花序像巧克力冰激凌一样挺直，一些黄色茸毛已经脱落，纷纷扬扬。这一切都让人看在眼里、记在心上……

猎人们解开系狗的皮带把狗放出去。胸脯很宽、好斗的"阿穆尔"边跑边向黑色的、狗崽般温驯的"雪豹"进攻，一口咬住它的肋部。"雪豹"并不示弱。此刻毛茸茸的花狗"忠诚"像老鹰对小鸭那样扑了上去——显然它回想起和"阿穆尔"从前结下的旧仇了。

主人们连踢带蹦地把咬在一起的狗分开。普罗斯库里亚科夫立刻把自己的"阿穆尔"拴上，切列帕诺夫也把"忠诚"拴上了。"阿穆尔"挨了训斥之后驯服地走在主人身边，一步不敢超前，一步也不敢落后。

"这样好斗的狗真不该给它解开锁链。"普罗斯库里亚科夫说，"无论如何不该带它到原始森林来，不过它特别能干。给它套上挽具拉着雪橇飞跑，上面能载一百公斤重的野猪……"

途中短暂休息，"阿穆尔"急不可耐，在猎人们面前跑来跑去，意思是：赶快到森林去追捕野兽，怎么还能坐在这里……主人让它不要跑了，它不听，于是用力把它按在自己身边，温柔地抚摸它的头和脊背，对它说：

"你怎么了？傻瓜！你抱怨什么……"他边说边笑。

狗——猎人忠实的朋友和得力的帮手，很少有人不喜欢狗。有时像怀念最亲近的人那样怀念狗。一年后"阿穆尔"被熊咬死了，狗过高估计自己的力量，在主人到来之前单独和熊搏斗。

我们经常休息，背包太沉，每走一点五公里至两公里的路就得歇一歇。切列帕诺夫走在最前面，接着是普罗斯库里亚科夫，走在最后的是绍京。他背的东西很重，我时不时地回头看：有没有掉队？会不会出事？甚至老的原始森林居民们都耸了耸肩膀说，在原始森林里怎么可以背这么重的背囊呢？绍京打算单独狩猎，和大家分开，因此除了食品外，他还带了帐篷、小炉子和其他很多东西。他在我身后保持一定距离：不前不后。脸上大汗淋漓，说明疲惫不堪，体力已到了极限。

一年前拖拉机开进了原始森林，开辟了小径。从那个时候起到处都是横七竖八的倒木，因此只能绕道走，在低垂的树枝下面钻，甚至背着背囊爬着出去。

小径……如果有人把它看作修出来的平坦小路，可以穿着便鞋在上面散步、欣赏大自然风光，那就大错特错了。小径——覆盖着树皮、倒木、石块、松软的树叶、齐腰高的杂草、没有冻结的水洼、拖拉机轧出的车辙。偶尔还能向旁边瞥一眼，大部分的时间都必须看着脚下，否则会被树枝刺伤、在结了冰层的树根上滑倒。森林积蓄水分，小径上有积水，草丛、苔藓之中的水没有完全冻结，踩上去连冰带泥，必须穿着靴子才行。

小径把我们引向一座山又一座山、一泓源泉又一泓源泉。坡度不大，肉眼几乎看不出来，但是，心脏能够感觉到，它非同寻常地大声跳动，两条腿沉重，背囊似乎加重了分量。最初的途中休息我没有坐下而是在雪松树下漫步，这里秋高气爽，非常开阔，萎蔫的蕨菜和杂草下垂到地面、灌木的叶子脱落、枯萎的阔叶和针叶铺盖大地。今年雪松果不特别丰收，不过结得也不少，遗憾的是——牢固地长在树梢上像焊接上去似的。

"今年夏天比较冷。"普罗斯库里亚科夫解释说，"松果没有完全成熟，往年这个季节满地都是……"

秋天森林里人很多，在泉源旁边搭起帐篷便成了采松果的人的宿营地。这些都是勇敢无畏的人，地上没有，他们就爬到树上去采。爬上雪松很冒险吗？从远处看雪松并不高大、可以攀登，因为树的比例和谐而匀称。走到近旁就会看到：树干高高耸立，仿佛绿色尖顶的雄伟纪念碑。树干粗得两个人张开手臂都不能合拢，树皮粉红色，树的顶端像绿色的帽子：树干高三十五米至四十米，树梢上结出金黄色的果实。有时遇到巨树，一棵树干可出二十立方米的木材，足够盖一栋房子。

有的人鼓起勇气爬树，还没有爬到一半，膝盖便开始颤抖。爬树采松果其实很冒险！踩着树枝攀登，而树枝特别脆，容易断，容易造成不幸。心灵手巧的人自制"铁爪钩"套在脚上爬树，虽然比较牢靠，但总归危险，没有必要用这种方法考验自己的勇敢。不过俄罗斯人喜欢冒险。而且这个季节森林具有无限的魅力。天气晴朗、空气清新，没有蚊虫叮咬。你走着，用脚踢开树叶，突然发现雪松树下的松果。金黄色，木质鳞片开始枯干，覆盖着白色松脂，果实饱满沉甸甸的，很像自动步枪装满子弹的弹盘。松果的气味无法形容，闻了一次便难以忘怀。这以后你怎么可能不到森林去采松果呢？！哪怕你已经没有牙齿、不能嗑松子了。

太阳温柔地拥抱弯向冰冷大地的光秃树木，照亮藤本植物和灌木林，一串串鲜红的五味子特别诱人，从旁经过不能不伸出手去采，吃到嘴里顿感清爽，疲劳一瞬间就消失了。

有些人不采五味子，而采荚蒾树上的果实，霜冻后亮晶晶的，微微有一点苦，多汁。鸟还没有来得及完成秋收，成串的野葡萄已经过熟，抖动一下藤蔓，葡萄立刻掉在地上，花楸果、黑醋栗浆果此时尚没有脱落。漫长的冬天近在咫尺，鸟儿都在忙碌：花尾榛鸡、松鸦、蓝喜鹊、灰雀、山雀、䴓搜遍每一棵灌木寻找果实。

太阳当头，我们还是不停地走，胸口憋闷，口干舌燥。

"休息吧！已经到了山顶。"切列帕诺夫终于宣布休息了。他用袖子擦了擦额头和脖子上的汗，笑着说，"我想把外衣和帽子借给什么人，晚上归还……"

猎人们累了以后喜欢多坐一会儿，会吸烟的自己卷着烟抽，自得其乐。我们当中没人吸烟。猎人们断言，吸烟没有关系，咳嗽是偶然现象，烟味飘散很远，野兽闻到以后不会靠近。他们坐在那里，慢条斯理地回忆着陈年往事。他们在这里打猎三十多年，有说不完的故事。

不知什么野兽到我们的宿营地去了，因为狗突然大声吼叫、向树林奔跑。

"可能是野猪。"切列帕诺夫不能肯定。

"是马鹿。"普罗斯库里亚科夫纠正说，"如果是野猪，狗早就吠叫了……马鹿不同，狗能紧紧跟踪它们一天。"

"雪豹"和"忠诚"回来了，"阿穆尔"没回来，普罗斯库里亚科夫开始担心：

"有可能狗的颈圈挂到树枝上，我没有给它系上皮带……"

"再等一等，它自己能跑回来。不回来我们一起去找……"

"阿穆尔"回来了。大喘粗气，舌头都要耷拉到地上了。主人向狗挥动细树条：你还跑不跑？狗的脸阴沉沉的，仰面躺下，

诺亚方舟

在露天围栏里饲养的鹿

四腿朝天，似乎是说："我投降，你饶了我吧！"我们都笑了，主人放下树条：不打已经倒下的狗。

"好斗的家伙，坏蛋！"普罗斯库里亚科夫说，"有一次它为了追马鹿，也像今天这样跑了，不得不找到熊过冬的地方把它硬拉回来。你等着，回去以后把你放出去追小猪，让你跑个够……"

小径从山脚开始是下坡，走路轻松许多。我们很快就从开阔的雪松林进入云杉—冷杉林，虽然阳光普照，可是林中一片昏暗。森林布满枯萎的苔藓植物，在这样的森林静谧处连声音都显得沉闷。

在狭窄的谷地我们来到几什基小河畔，小河湾已经结冰，但是河中石头上面清澈的河水仍潺潺作响。小河流入涅姆波特河，那是一条又深又宽的大河。渡过小河没有桥，通过横跨在小河上的白桦树过河。我们就是这样做的。今天的行程到此结束。附近，在阴郁的云杉林下面有一座小屋——冬天临时住处，屋顶上盖着树皮。窗户很小，屋里黑暗，有炉子和简易木板床。

吃过午饭，休息一下，伙伴们到窄轨铁路那里去拿之前不能够一次性背来的东西，我留在这里劈木桦以备夜里烧炉子用。今天他们来回要多走三十公里的路。他们把这叫作"时来运转"。

黄昏，月亮慢吞吞地从榆树、白蜡树和稠李树的密林上空挣脱，好像吃饱的鱼不急于从渔网里挣脱一样。仰望天空，月亮是如何从森林边缘离开，像吹大了的红色气球挂在天边，艰难的挣脱让它失去了正常的形状变成残月。切列帕诺夫冷笑，说："流浪的月亮正在升起……"

睡觉前他走出小屋呼吸新鲜空气，不急于回到温暖的小屋。烤热的身体不会感觉到寒冷。在万籁俱寂的森林中站几分钟，谛听小河里漂浮的冰撞击河岸时清脆的响声，真是莫大的享受！

切列帕诺夫活动活动肩膀——三天背着很重的背囊行走，肩膀有些疼痛他对自己说，会好的，该休息了。

月亮缓缓地、默默地在密林上方浮动，越升越高，让密林也披上月晕。周围群星闪烁。皎洁的月光淹没大地、山峦、森林。唯有小屋附近云杉林的锥形树冠依稀可见。仿佛用玄武岩石雕刻出来的尖顶树梢毫不示弱，似乎轻飘飘的娇柔月亮一旦下降，尖顶树梢就能将它刺破。在幽暗的森林里，异常孤独的白桦树变成浅蓝色。也许它们在梦境里见到夏天：细雨霏霏、清风阵阵、半个天空悬挂着耀眼的彩虹、灼热的太阳、金嗓子黄莺唱出的抑扬婉转的歌曲，还梦见什么，我们猜不出来了。而此刻严寒一步一步向白桦树逼近，树枝结冰，雾凇挂在白色树干、高高的拂子茅草、灌木丛和倒木上。

清晨，休息过后的伙伴们黎明前就都起床并开始忙活了。没过几分钟，火焰的反光在小屋黑色的墙壁上晃动，铁炉子散发出热气。

"天气很冷。"在外面洗脸后回来的普罗斯库里亚科夫告诉大家，"小河眼看着就要结冻……"

"下雪该有多好啊！看着吧，两三天以后松鼠该出现了。"切列帕诺夫回应说。

昨天在路旁，狗追逐两只还没有长成的黑色松鼠，下雪变寒冷之后它们很快换上冬装，成了烟灰色的"美男子"。那时候，按猎人们的说法"达到标准"，而现在不可以射杀它们。

我们的小屋坐落在阿里奇泉源旁。钓鱼的和其他来过这里的人们把小屋破坏得乱七八糟：木桩烧光、铁锅砸坏。但是现在小屋收拾得面貌一新：屋内扫得干干净净，木桌和木架子刮到见白为止，餐具用开水煮过后清洗油渍，铁锅修修补补。这几位勤快人边干活边骂人："怎么有这样的败类，破坏古老规则，吃光、烧光还砸烂东西……"

我们决定钓鱼。需要鱼饵。切列帕诺夫仔细看了老朽的云杉倒木，我们把它劈成木桩，再劈成细木条，每个木条里都有两三只蛀木虫的幼虫，是细鳞鱼和茴鱼的最好鱼饵。

从小屋到穆亨河，可谓近在咫尺。穆亨河又宽又深、水流湍急。河水清澈见底，能看到一条产完卵的大马哈鱼突然从河岸钻到河底。鱼能够活到四年，身上有条纹，鱼背呈黑色，有弯而尖的鼻子。这条鱼的鱼鳍已被刺破，鼻子也受伤了，这样的鼻子只能喂狗，不能做鱼汤了。

切列帕诺夫拿着鱼竿到阿里奇泉源去了，他在那里找到一个深水的地方。我们留在穆亨河畔。我和普罗斯库里亚科夫不走运，鱼一次都没有咬钩：要么因为坐在潮湿地上没有耐心，要么受浮冰影响。而绍京躺在灌木丛下，细鳞鱼一条接着一条地咬钩，好像在养鱼池里钓鱼似的，只要鱼竿一甩，冰层下面的鱼立刻上钩——啊！太多、太多……

夕阳西下，切列帕诺夫提着一串鱼回来了，啊呀！钓的还算是鱼——很小的细鳞鱼。我们两个不走运的人坐下来收拾鱼。

喝了鱼汤又喝了热茶后躺在床上休息。

"昨天我们说到哪里停下来的？"切列帕诺夫笑着问。昨天晚饭后聊天时间很长，直到一个接着一个发出鼾声为止。一旦开始打猎或者钓鱼就没有时间躺下休息、闲聊，有许多干不完的事情。

"切列帕诺夫，你怎么开始打猎的？什么时候？在哪里？"

"怎么开始……从十七岁开始的。当时我们住在苏维埃港沿岸……"

"请等一下，那么您是旧教徒了？"

"正宗的旧教徒。"绍京插话说，"难道你没看出来，他不吸烟、不喝酒、不和别人吃一个碗里的东西，这倒不是怕脏……"

"不过，现在旧教徒也喝酒。"普罗斯库里亚科夫回应说。

"我们住在农村。"切列帕诺夫继续说，"猎捕各种野兽，还捕过海豹。后来迁到了阿穆尔河沿岸地区。听说过奥西诺维角吗？离辛达不远，从前是个村子，现在荒芜了。一九三四年我把两条船连在一起，装上一头小母牛、狗，我那时已经有了两个孩子，就这样沿阿穆尔河向下游划着小船到了共青城。那里刚刚开始修建，到处搭着帐篷，把我们六家分配在一个帐篷里，正像谚语说的那样：这里虽然挤，但大家很和睦。夏天我当木工，无所谓，一到秋天我再也按捺不住了，心急火燎，想应该到原始森林去。习惯，明白吗！无论愿意还是不愿意都战胜不了本性。我向领导请假，领导不允许：急需要工人，领导说，干活去，把那些乌七八糟的东西从脑袋里清除掉……我干了两天活儿，又去找领导，对他说：开除我吧，我不干了！领导赶我出去，甚至不想和我说话：说过了，不要走、想都不要想，像以前那样好好干活……"

切列帕诺夫慢条斯理地讲述着，我注意听着他的故事。

"我打死很多种野兽，记不住多少了。当然，到原始森林去，就是去打猎，总不能两手空空回来呀！是狂热吗？不是。我试图工作，但坚持不了多久。每逢秋天我就坐不稳站不安的。我现在就是这样生活！打各种野兽，有时活捉，也采过人参——什么都干过了。和博加乔夫老人一起活捉老虎，其中一只老虎咬了我的手……"

"是把老虎捆起来那件事吗？"

"不是。当时有个记者说要给老虎拍电影，我们三次把老虎从笼子里放出来，记者都没能拍摄成功。第三次不得不坚持一小时，我坐在高处揪住老虎的耳朵，两只手麻木了，老虎趁机抓住我的一只耳朵，然后又巧妙地抓住我的一只手。我想，骨头肯定粉碎、手也得断了。就算是小老虎，牙齿也很厉害，咬人像咬蜡烛一样，咬断了、吐出去。我把另外一只手的手指塞到老虎的嘴里，顶住老虎的上腔，强迫它张开颌骨松开爪子。手的骨头没有受伤，但肉被咬伤，这只手两个月不能使唤……"

"我比你更惨，老虎的爪子抓破了我的嘴唇。"普罗斯库里亚科夫说，"一只被捆绑着的老虎，我弯下身子打算把绳子捆得更紧一些，老虎的一只爪子从袋子里伸了出来，就那么抓了一下。至今我也不明白老虎是怎么做到的，难道是袋子捆得不结实吗？我急忙躲开，不然会把整个脸抓破留下伤疤的。老虎的爪子像刀子一样能从嘴唇抓到下巴颏儿。"

我提了一个天真的问题："捆绑老虎是不是特别可怕，总有第一个人靠近野兽吧？"

"事情不在于可怕。"切列帕诺夫想了一下回答说，"任何野兽都比人的力气大、动作更迅速。野兽可能对人造成二次伤害：咬坏了手、脚，乃至咬死，可你不是一个人，你还有家庭，比如说，你被咬伤，在你养伤的时候谁来养活你的全家？打猎倒也并不可怕，一定要找好伙伴，不能单独行动，互相依靠，齐心协力，别说捆绑老虎，就连魔鬼也能够捆得牢牢的……"

躺在温暖的冬季小屋里，听着各种奇闻逸事非常舒坦，不过我也知道猎人的生活中令人羡慕的故事并不多，就像士兵在前线生活一样：一周、一个月进攻、防守，没有什么诱人的，只是艰难度日。猎人也是如此。在射杀野兽之前，猎人已经又累又苦，时而寒冷刺骨，时而汗流浃背。有时在原始森林漆黑的夜守候猎物。打死了，也不轻松，要把几十公斤的肉扛回去。有人说："嫌麻烦最好扔掉！"猎人们只有在价钱非常不公正的情况下才会这样做。那时候猎人们会抱怨说："人们认为靠打猎挣钱容易……挣钱，到哪儿都不容易。无论做什么工作，都要诚实，不要等待天上掉馅饼……"

猎人们不慌不忙地追逐野兽，打死后怎么办？如果在森林里人们只穿衬衫的热天，肉不能存放，可以利用食饵把活的野兽引诱到捕兽器里。每个猎人有安置捕兽器的线路。切列帕诺夫把捕兽器放在离小屋三百米起直到泉源附近。在沾满树脂的老树上面刻着树号，老树下从前曾设置过捕兽器。切列帕诺夫看了之后开始犹豫：利用别人的老地方还是另选更合适的地方。他工作熟练，看得出对他来说这是习以为常的事情。十分钟至十五分钟，捕兽器放好了，诱饵是一块有腐烂味的鱼。他边走边说：去年他捕到两只黄鼬，还有一只水貂钻进去又跑了……

捕兽器的线路把我们引到了艾姆河。踩着倒木过去，在白色的冰层上站着一只很像椋鸟的黑鸟。黑鸟钻到水里，过了很长时间又从水下钻了出来。这种鸟不怕寒冷，一年四季都可以在山泉和小河觅食。在一个不大的洞口前安装猎捕水貂的捕兽器——只要一进去，一定跑不了。在小河支流用两根倒木和一些石块隔断水流，在中间安装了捕水獭的捕兽器。然后我们坐下休息。望着小河的陡石岸，切列帕诺夫说附近有一个泉源，从地下向上喷水，泉水像沸腾一样，特别凉。比城里售货亭里卖的起泡的矿泉水好喝多了。著名的纳尔赞矿泉水根本没法相比……

在原始森林里时间不是在走，而是在飞，抓不住它。到了我该离开的时候了。天空阴沉、森林晦暗、死一般寂静。湿漉漉的雾凇在空气里飘移，落在衣服、手和脸上。我开始担心一旦下起大雪，我就不能按时返回了。

"急什么呀。"切列帕诺夫说，"下雪以后我们去打野猪，吃野猪肉。在原始森林和猎人们生活在一起竟然没有吃过肉，再等一等……"

"不，该走了，工作不能耽搁。"

"我送你。"普罗斯库里亚科夫说，他看我开始整理行装。

他帮助我沿着倒木渡过了艾姆河和穆亨河，我们在那里告别了。

——通往哈尔加坎的小路很好走，一直向前走，晚上之前一定能够走到小屋！

我走了。

我望着他的背影：他像士兵那样走着，身穿灰色军大衣、系着宽腰带、宽宽的背上斜挎着卡宾枪。他的步履轻盈，那一瞬间我觉得大地在他的脚下缓缓移动。原始森林的士兵。猎人，祝你走运！

森林里很快黑暗了，雾凇变成了小雪，眼看着小路变白，留下我的一串串黑色脚印。虽然我急忙赶路，可是到达哈尔加坎已经很晚了：小屋里闪着火光。

在原始森林，人们热情地接待旅行者：快进屋，脱下衣服，像到家一样，不要客气！在这里，旅行者们受到欢迎，一切都散发着森林的气味，大家有共同感兴趣的话题。

初露曙光，猎人和地质工作者出发到泉源、山脉、难以通行的雪松林去。一些人钻探，另一些人沿既定路线前行。猎人密切监视野兽的行踪。人们的足迹甚至在原始森林里都能够交错重叠，一个踩着另一个脚印，用刻在树上的树号引出了很多小径。人的足迹遍布大地。

我们走着。猎人大步流星地走在最前面，他那轻便的靴子在雪地上留下清晰的足迹。肩上挎的袋子不沉，主要是背着两支枪：打鸟和打松鼠用的小口径步枪和打野兽的霰弹枪。

"您什么武器也没有带吗？"猎人问。

"我只有赶牲畜的树条。手无寸铁……"

"突然熊来了，怎么办？"

我耸了耸肩膀。不是所有野兽都袭击人，况且你们猎人自己都说现在野兽特别少。

猎人走另外一条道寻找猎物去了。我和他告别。十分钟以后我听见枪声：他猎到猎物了。

我独自走着。一夜之间雪下到没踝骨那么深，而且还在下着。周围白雪皑皑，有些不习惯：本来森林里黑暗、拥挤，突然明亮开阔，树和树之间仿佛拉开了距离似的。雪在脚下唰唰响，把手杖伸向前方，在雪里试探。小径像白色的光带从远方呼唤我，使我神往。两条腿向前走，两只眼睛贪婪地环顾四周，生怕错过什么。看，一只松鼠吓得逃走了，沿着雪松树干向上爬。松鼠从这一树枝跳到那一树枝，树枝上的雪像小蛇一样弯弯曲曲地飘落。刹那间松鼠不见了，不知躲藏到什么地方。

黑色的云杉和冷杉披上白色雪装，衣袖向下垂着。雪松傲然挺立、不屈不挠：沉甸甸的雪对于这样的勇士不算负担。灌木林沉寂下来，隐藏起来，纤细冰冷的树枝，像小伞一样在蓬松毛绒的积雪下避寒。白芷重又开花，比夏天更加美丽，以白色伞形花冠炫耀自己。

林中小型动物——黄鼬、老鼠、松鼠横穿小径留下第一批踪迹，仿佛急于宣示：我们在这里，我们才不东躲西藏呢！

又下起鹅毛大雪，缓慢地，好像不曾发生过，也将不会发生任何事情似的。可是，天空已经发生变化，寂静之后即将狂风大作，狂风将撕毁冬天树梢美丽的装扮，疯狂地、长时间地吹散树上的积雪。在远东不常见到银装素裹的森林。此刻我走着，欣赏着大自然慷慨赐予的冬天森林的迷人画卷，记忆中浮现出关于古代严寒之王视察自己管辖地的短诗：

他查看林中空地收拾得是否干净，泉源结冻得是否牢固。我看见他怎样翻山越岭、高大的云杉怎样摇晃、雪松怎样颤动，其中一棵雪松从沉睡中苏醒，一只松果掉在地上。金黄色的松果饱满，白色松脂，木质鳞片里的松子很大，一个紧挨一个地挤在一起。

什么时候、什么地方你还能够看到这样的景致呢？

小径穿过黑暗的云杉林，进入不久前被火烧过后生长出的茂密白桦树林。前面是尤什基，那里有小屋，我见到两位被烟熏得乌黑的猎人。他们和我同行。

寒风摇动树冠，吹掉积雪，从树梢到树根覆盖着锦缎的幔帐。雪花继续飞舞。

编　后

记

阿穆尔河在他的身躯里呼吸吐纳

孙小宁

一切始于一次见面，二〇一九年，初春的样子。　　　出身俄罗斯翻译世家的朋友约我在星巴克见面，带来他从俄罗斯旅行归来的收获。一本俄文书稿与一些自然插画。其实是出于同一位作者，而作家的名字我从未听说过。"你是中国第三位见到过他文字与画的人。"朋友语带神秘，又颇有几分自信。　　　此前，文中的几个小段，他已经将译文发给过我，因为觉出我的兴趣，所以有此一面。我毫不掩饰初读后的大喜过望，然后以一个报纸副刊编辑的身份，展开了我们新的模式的合作。他那边陆续给出译文，我这边挑合适的刊发。选什么，都在我，我便卡着时令季节来用。我记得，二月十四日，北京是个雪天，我刊登的是《雪总是有很多颜色》。再过一周，北方依旧严寒，我选的是《大地仍躲在棉被下越冬》。标题是我从文章中提炼出来的，事实上，原文不仅长，而且一股脑统在"见闻遐想""诺亚方舟"这类泛标题下。一段一段，长短错落，完全像是触景生情时的描摹。　　　报纸当然不可能穷尽这些，就像版面容不下俄罗斯广阔的自然。但很快我又得到消息，中青社的好友刘霜也对此选题感兴趣。在北京的一家餐馆，刘霜和我，还有我这位朋友代表译者，很快便达成出版意向。　　　这便是这本书的缘起。说这些，并不是为自己评功摆好，而是想说一种渊源，人与人之间奇妙的缘分。我从来没有去过俄罗斯——尽管它早已列入我的旅行计划，但突如其来的疫情为它按了暂停键，俄罗斯便还是我心向往而未至的地方。

但我有许多和俄罗斯有关的友人。他们有的译书赠书给我，有的为我写来俄罗斯旅行札记。所有这些关乎俄罗斯文学的回忆与追寻，都能让我感受到俄罗斯无处不在的自然气息。　　　　　这真是一个孕育风景画画家与诗人作家的国度。当然，我相对更熟悉的日本也是。只是两个国度作家笔下的自然比起来，俄罗斯作家没有那么多幽玄孤寂的生命感伤，它雄浑中带着壮阔，险峻中又蕴含着瑰丽。它是属于北方的童话，森林、河流中蕴藏着大自然无尽的秘密与诗意。当年黑泽明远行到苏联执导电影《德尔苏·乌扎拉》，留下的与其说是人物形象，莫如说是被大自然塑造的种种印记。　　　　　总之，还在接触到这份书稿的部分片段之时，我就有了这万千联想。我甚至觉得，考量那些文章片段何时刊发的日子，我也像置身于远东，感受着那漫长冬季向春的迁移。无疑，这近乎慢镜头一样的延缓，但唯其如此，微变当中，才能听到草木由枯转绿时，寒冰乍裂的声音。

2

转到书稿阶段，我又成了看稿人——如果和出版方、译者方同时是好友，这个角色差不多很难推卸掉。当然，我也是欣然接受。基于上面所述的阅读感受，我愿意和朋友们一起，将这位无名作者的书，以我们都中意的面貌推到读者面前。　　　　他当然是俄罗斯作家、画家不假，但我这里称他为无名作者，也无意冒犯。毕竟他的作品，是第一次被引介过来，而之前，国内的俄罗斯文学出版，已经是文学史意义上的经典作家作品构成的方阵。森林般浩大，且这翻译出版工程，差不多还在进行。这一切都足以印证俄罗斯文学的广博与幽深。如今，即使仅以自然文学这个序列来论，普里什文、艾特玛托夫、屠格涅夫那些名家名篇，还是会自动优先地浮上我们的心头。　　　　所以说无名，并不带贬损之意。相反，这样说，更能让他的作品直接在读者那里得到检验。你不是因他是名家而喜欢，也不是让自己首先带上面对很多经典那样的负累。你只需带着自己的眼、自己的心，入于文字入于画。如果还是喜欢，这岂不是一种私密之好的喜欢？我记得，诗人蓝蓝曾经也写过一篇追寻俄罗斯作家的文字。也是因为对方的自然随笔。她多年打听才得以和老人通上音信，中间的艰难皆因为老人并不知名。岂止是在中国不知名，在俄罗斯也是。但是，这有什么关系呢？它只会让一个写作者更清晰地写下："这让我对名声这个东西有了清晰的看法。"　　　　当然，每个阅读者，也可能通过这些文字，想给他，也给他笔下书写的大自然，做一些定位。作为我，一个在编校过程中反复接触书稿的人，我想说的是，我常常忘却他的作家、画家身份，而想到一位走过岁月的老人。他经历过战争，后又在和平岁月的远东，与自然相伴。家有老伴，子女，除此之外，世俗生活中的内容，他没有向我们袒露更多。但与自然相处，他俨然拥有一个更永恒、开阔的世界，他在其间游走、探索，并把它转化为倾吐思绪以及摹写的对象。一个更深刻意义上的家的建立，使得他与那一片山川河谷建立起精神的联系，所有飞鸟走兽，他也都如兄弟姐妹般熟习它们的禀性。如此，他所有的记述，都像是在描述家的模样。慢慢，他似乎也变成它的代言人，自然界借助于他的表达，所完成的呼吸吐纳。　　　　这样的工作，纵使其他俄罗斯作家也做过，但方式还是有别。我们熟知的很多俄罗斯作家，都非常善于将自然、神话、社会、人生因素融为一炉，最后变成一部宏大的虚构作品，有些则提纯升华为抽象的哲思。与他们相比，他笔下的自然，千变万化，仍是本真的物象，知其名，识其形，领会其堂奥，并习得敬畏。

3

俄罗斯幅员辽阔，有着那些想以自然写作为业的作家，终其一生也无法窥尽全貌的疆域。所以我们永远不怕，在俄罗斯作家笔下，会出现相似的景致。过于重叠的意象。　　　　即便是 1931 年，普里什文以考察的目的同样去到了远东，去到了阿穆尔河，并写出他脍炙人口的小说《人参》。我们也能看到，大自然经过每一个创作主体的创造后，变成了不同的风貌。　　　　所以，我们还是可以放心地再回到老人笔下的自然。　　　　阿穆尔河，这就说到阿穆尔河。看老人的创作简历，其一系列代表作——《密林：寻找人参的奇迹》《夏日旅行日记：关于阿穆尔河沿岸城市、人们、风光的故事》《森林的花纹：关于阿穆尔河沿岸大自然的随笔、特写和故事》《大自然遐想》《阿穆尔河沿岸日历》等，都不难知道，他的书写与人生，几乎就围绕着这一条河展开。这条河固然听着陌生，但追其源头，就知道它与中国的关联。它是中国东北两大河流——黑龙江与乌苏里江汇流而出的远方，最终的目的地是鄂霍次克海。远方的阿穆尔河我固然无缘得见，鄂霍次克海却嵌在我有段旅程当中。我们所乘的车辆行驶于它的左右两岸，那是我在日本北海道的道东知床，对它的记忆。道路上的标牌上清晰地用片假名拼着"鄂霍次克海"。而知床的定义是日本最北端能看到流冰的地方。我去的季节是年末，同行的翻译晒出她有年二月在这里拍下的视频，但见鄂霍次克海涌动着无数流冰。回到这本书中，我又看到一群人，围聚一起在看流冰……　　　　世上总有一些景象，能让我们知道，自然是如此广泛相连。老人的心中，应该也是有一个自然联起来的世界。我想，当他看到异国的新年中，人们为聚在一棵装饰好的树下过年夜而伐倒一棵八十米高的枞树，他的心痛，肯定是像看到了阿穆尔河周边，一些树被无缘无故伐倒一般。人类各种欠考虑的行为，有可能是出于人类中心主义者的自私，也可能是因为久居都市，与自然隔膜日久的淡漠无感。　　　　只有他这样的老人，才会对这些司空见惯的行为，保持天然的敏感，如同知道，停止捕猎白鲸，对于修复大海内循环的意义。自然如果存在训诫，老人并不是用严厉的声音传达。他的描述永远多于议论，或许就是相信，阿穆尔河本身的寓意已足够丰富，用不着他多说什么。　　　　从短短几行字一个小段构成的"诗意速写"，到相对完整段落组成的"见闻遐想"，乃至最后颇有生态笔记性质的"诺亚方舟"篇章，老人最终完成的阿穆尔河日志，让我们看到了它的四季轮转。这里万物生长，无数动物在森林河流里出没。一把刀甚至可以在狗鱼肚子完成它的漂流——我每次看到这段，都忍不住在心里惊叹。出生于一九一七年，逝世于二〇一一年。老人最终活了九十四岁。熟悉二十世纪历史的人，都能从这个时间标志上，想象出爱伦堡所谓"人、岁月、生活"的三种印记。我想老人同样也有。只是，与其他俄罗斯作家不同，他并没有将更多社会、家庭内容放诸于这些文字之中。一个人真就如此单纯而恬然地在与大自然相处中度过了一生，我相信这不是人生的实相，但是化复杂为单纯，又像是大自然作用于他的生命的奇效。无论如何，这是一个值得羡慕的人生。一个人找到了永恒的寄托，并还能把这种热爱表达出来。这就相当于拥抱住了幸福——"幸福"，倒确是这本书中老人反复思索的字眼。"幸福各不相同，可以分成一定的阶段。如同昼夜划分一样。如果，在一定时候，在允许范围内，在不被灾难干扰的情况下，一个人能遵循命中注定的一切，那么可以认为这个人是幸福的"。回味书中这段话，我们不妨说，被限定的幸福，也可以是无限的。尤其当他提笔创作完一幅自然的肖像之时，那种幸福肯定会如潮水般涌满全身。因为是完成了对方一种交付。就像是我们对自己最亲的人所怀的心愿——无论怎样，都想为它在时间长河中留下印记。弗拉基米尔·伊万诺维奇·科利别里，我在最后，郑重地写下他完整的名字。这个名字与阿穆尔河紧紧相连，但愿有一天，我能站到它的两岸，在真实之河的流动中，再次回想文字带给我的那些触动。

图书在版编目（CIP）数据

大地仍躲在棉被下越冬：俄罗斯自然随笔 /（俄罗斯）弗拉基米尔·伊万诺维奇·科利别里著；陈淑贤译. -- 北京：中国青年出版社，2021.9

ISBN 978-7-5153-5956-4

Ⅰ.①大… Ⅱ.①弗… ②陈… Ⅲ.①随笔－作品集－俄罗斯－现代 Ⅳ.①I512.65

中国版本图书馆CIP数据核字（2020）第034626号
北京市版权局著作权合同登记 图字：01-2019-5283

Author: Людмила Владимировна Клипель
Originally published in Russia under the title: Ноев ковчег и другие
Copyright ©2007 by Людмила Владимировна Клипель
Simplified Chinese character translation copyright ©2019 by China Youth Press

中国青年出版社 出版 发行

社址：北京东四12条21号 邮政编码：100708
网址：http://www.cyp.com.cn
责任编辑：刘霜 liushuangcyp@163.com
编辑部电话：（010）57350508
营销中心电话：（010）57350370
北京富诚彩色印刷有限公司印刷 新华书店经销
开本 880×1230 1/32 印张 10 字数 250千字
2021年9月北京第1版 2021年9月北京第1次印刷
定价：78.00元

本图书如有任何印装质量问题，请与出版部联系调换
联系电话：（010）57350337